A realidade de Madhu

Melissa Tobias

A realidade de Madhu

ns

São Paulo, 2014

A realidade de Madhu

Reimpressão – abril/2021

COORDENAÇÃO EDITORIAL: Letícia Teófilo
PREPARAÇÃO: Ana Lúcia Neiva
DIAGRAMAÇÃO: Luiz Fernando Chicaroni
REVISÃO: Fabrícia Romaniv
CAPA: Monalisa Morato

Texto de acordo com as normas do Novo Acordo Ortográfico da Língua Portuguesa (1990), em vigor desde 1º de janeiro de 2009.

Dados Internacionais de Catalogação na Publicação (CIP)
(Câmara Brasileira do Livro, SP, Brasil)

Tobias Melissa
A realidade de Madhu / Melissa Tobias. -- Barueri, SP: Novo Século Editora, 2014.

1. Ficção brasileira I. Título II. Série.

14-10146 CDD-869-9308762

Índice para catálogo sistemático:
1. Ficção : Literatura brasileira 869.9308762

uma marca do grupo novo século

Alameda Araguaia, 2190 – Bloco A – 11º andar – Conjunto 1111
CEP 06455-000 – Alphaville Industrial, Barueri – SP – Brasil
Tel.: (11) 3699-7107 | E-mail: atendimento@gruponovoseculo.com.br
www.gruponovoseculo.com.br

Este livro é dedicado aos meus filhos, Luan e Khaled.

Espero que eles nunca percam a magia e o encanto da infância.

Que nunca deixem de sonhar.

AGRADECIMENTOS

Agradeço a meu amado marido, Fauze, por acreditar em meu audacioso sonho de ser escritora. Sem seu apoio, este sonho não teria se concretizado.

Minha mãe, Maria Ornélia, foi quem me introduziu no fascinante universo da literatura. Ela sempre estará presente em meus agradecimentos.

Não posso deixar de agradecer Drunvalo Melchizedek, físico, matemático, inventor e pesquisador. Seus ensinamentos sobre Geometria Sagrada, Flor da Vida (o padrão de criação de tudo o que existe) e Mer-ka-ba me inspiraram profundamente.

Agradeço também ao escritor e pesquisador André de Pierre pelo apoio, encorajamento e inspiração.

PREFÁCIO

A sabedoria deste trabalho, como um instrumento de aplicar colírio, tem aberto os olhos do mundo inquisitivo cegado pela escuridão da ignorância. Como o sol dissipa a escuridão...

Mahabharata – Livro 1 – Adi Parva

O que é real? O que é sonho? A autora Melissa Tobias presenteia a literatura brasileira com uma obra em que a realidade não pode ser explicada por um conceito universal, pois cada pessoa é única e vive uma experiência ímpar, sendo o sonho parte dessa existência. O desejo individual reprimido extravasa nas mentes cheias de imperfeições e angústias.

O consciente existe e faz suas escolhas, e a capacidade da criação da mente é infinita – essa é a causa que faz girar a roda desse brilhante livro. O espaço ao qual nomeamos como real, aquele que vivenciamos a cada dia, pode ser resumido em uma única frase: o universo é infinito de universos finitos.

O livro *A Realidade de Madhu* nos encaminha por uma jornada que somente a ficção científica pode conduzir as mentes sedentas por sabedoria.

Felizmente, os novos autores brasileiros começam a se aventurar por esse estilo ainda pouco divulgado na nossa literatura.

A ficção científica tem o dom da profecia, e os autores mais famosos do gênero inspiraram pesquisadores de diversas academias em inventos e teorias variadas. Por isso,eles têm em mãos um instrumento magnífico de criação, expandindo suas mentes por multiuniversos.

Como pesquisador e escritor, vejo nessa composição uma forma inteligente de enxergar o estudo sobre vida extraterrestre e algumas respostas às perguntas que assolam todos os homens e mulheres que passaram pelo planeta Terra: de onde viemos? Por que estamos aqui? Para onde vamos?

Também é possível observar nessa obra uma resposta lúcida ao Paradoxo de Fermi: "Se a probabilidade da existência de vida extraterrestre inteligente é tão grande, por que não há suficientes evidências de sua existência?". Como explicado na resposta mais famosa a esse Paradoxo, a Hipótese do Zoológico, de John A. Ball, há uma política relativamente universal, jurídica e cultural entre a pluralidade de civilizações extraterrestres que exige o isolamento das civilizações em planetas com menor estágio de desenvolvimento, sendo assim, as civilizações partem de um único ponto, evoluindo em semelhantes padrões culturais, e quando divergem são corrigidas ou aniquiladas por aqueles que estariam a frente de todos, e quem seriam estes? Estes seriam os inventores da primeira civilização ou criadores, aqueles que contaminam todo o universo com uma "coisa estranha" chamada Vida.

Os escritores podem não ter a prática dos grandes construtores, mas com certeza possuem a força inefável da retórica. O dom da criação infinita que assume um papel preponderante no pensamento humano através da pena ágil, crítica e aguçada, dádiva essa concedida à escritora Melissa Tobias, que nos oferta um texto sábio, fluído e divertido, impossível de abandonar antes que se leia a última palavra!

André de Pierre

Nasceu em 1981, na cidade de São Paulo, Brasil. É escritor, pesquisador de mitos e escrituras de antigas civilizações, com foco especial na civilização Suméria, colaborador da "Revista UFO" *e conferencista. Apaixonado pela vida, encontra sua inspiração na arte, na música, na natureza e principalmente em histórias de povos antigos.*

"Todas as religiões do mundo estão falando da mesma Realidade. Elas usam palavras diferentes, mas há somente um Espírito se movendo através de toda a vida. Pode haver diferentes técnicas para chegar lá, mas há somente uma que é real e, quando você está lá, você sabe. Qualquer que seja o nome que você dê a ela – você pode chamá-la de diferentes nomes – é tudo uma coisa só."

Drunvalo Melchizedek

Capítulo 1

Tempo cronológico no planeta Terra:

setembro, ano de 2019.

Ela sabia que tinha de fugir de lá antes que o médico voltasse. Ele era perigoso e poderia tentar lhe matar.

Assim que viu a oportunidade de fugir, saltou da cama hospitalar. Estava descalça, sentiu o frio gélido na sola de seus pés ao tocarem no piso branco de ladrilho. Usava somente camisola, mas não tinha tempo a perder procurando uma roupa. Tinha de fugir daquele hospital, rápido!

Abriu lentamente uma fresta da porta para dar uma espiada. O corredor estava vazio. Podia sair.

Ao sair, observou o número na porta de seu quarto, era o 33. Começou a correr na direção do quarto 32. Correu por vários corredores procurando uma saída, mas não a encontrava. Estava perdida.

Cansada de correr, parou para respirar e pensar por qual lado deveria seguir. Olhou para os dois lados do corredor e então viu uma porta à frente. Estava diante do quarto 33, o seu quarto!

Assim que abriu os olhos, Madhu ficou confusa, o sonho fora muito real. Olhou ao redor e só então percebeu que não se lembrava de onde estava. Não entendia como havia chegado naquele peculiar espaço. Estava pávida com a situação. Usava sua calça jeans surrada preferida, uma camiseta *baby look* verde com estampa do Mestre Yoda de *Star Wars* e o velho tênis *All Star* vermelho.

Encontrava-se sozinha naquela distinta e impecável alcova. Tudo naquele espaço era impecavelmente branco, até mesmo o leito no qual acordara. Apesar de aparentemente ser feito de pedra, era confortável, tinha temperatura agradável, parecia macio, o que era ilógico, como tudo naquele lugar.

A farta iluminação vinha das paredes. Sem nenhum foco principal, toda a parede reluzia. Não havia nada que parecesse habitual.

Sentou-se lentamente, pois sentia seu corpo pesado e uma leve tontura. Olhou ao redor novamente à procura de uma porta. Não havia nenhuma. Havia apenas um aparato anômalo ao lado do leito que estava centralizado na alcova. Observou adesivos dourados de formato triangular fixados em sua testa e na parte medial de seu antebraço. Teve o impulso de retirá-los, não sabia o que era aquilo.

Ao remover o adesivo da testa, notou que o mesmo se assemelhava a um chip de celular. Ele possuía terminações douradas, era maleável, resistente e flexível. Puxou os demais adesivos insólitos de seu antebraço e se concentrou para lembrar como foi parar naquele inabitual local.

Sua última lembrança era dirigir seu velho Fiat 500c branco perolado, numa estreita estrada de terra, a caminho do haras que pertencia ao grande amigo de seu pai. Madhu adorava montar a cavalo e quase todos os fins de semana passava ótimos momentos cavalgando nas colinas verdes da grande Fazenda Harmonia, que ficava a apenas vinte minutos de sua casa.

Madhu sempre morou com a família numa chácara, num condomínio fechado na cidade paulista de São Roque. Grande parte do residencial era formado pela Mata Atlântica, área de preservação florestal e soltura de animais protegidos pelo Ibama. As chácaras mantinham longa distância umas das outras, sendo separadas por vegetação virgem, dando a impressão de estarem isoladas dentro de uma floresta. Madhu sempre gostou de viver em contato íntimo com a natureza. Cresceu brincando entre árvores, pisando com os pés descalços na terra, nadando no pequeno riacho que corria atrás de sua rústica casa de madeira, a qual era pintada de amarelo ouro.

Ela estava cursando o primeiro ano de Arquitetura na Universidade Bela Artes, em São Paulo. De segunda a sexta, viajava sessenta quilômetros até São Paulo, assistia às aulas e voltava. Ter contato diário com uma grande metrópole caótica e poluída fez Madhu valorizar ainda mais o fato de viver isolada numa chácara com sua família.

Atordoada e confusa, só então Madhu percebeu que estava com a boca seca e muita sede. Quando começou a se levantar do leito para procurar uma saída, teve um sobressalto ao ouvir uma suave voz masculina atrás dela.

– Não acho uma boa ideia se levantar, ainda está muito fraca.

Virou-se assustada na direção da voz. O rapaz tinha uma aparência excêntrica e angelical. *De onde ele saiu, ou melhor, entrou?*, pensou Madhu.

– Que lugar é esse? Como vim parar aqui? – perguntou Madhu, ansiando por uma resposta.

Hipnotizada pelos grandes olhos cor de fúcsia do estranho e sua beleza exótica, um tanto celestial, Madhu não conseguia deixar de olhá-lo. Ele tinha cabelo loiro platinado, liso até os ombros, parecia ter cerca de vinte e cinco anos de idade. Um imponente jovem atlético de aproximadamente dois metros de altura, com traços angelicais, vestindo uma túnica branca com uma estampa de um pequeno dodecaedro dourado no peito.

– Sou o Dr. Behosa Prakasa, cientista da nave Shandi33, na qual nós estamos. A senhorita Madhu não deveria ter retirado os infropectos – disse o cientista.

Aproximando-se do excepcional aparato ao lado do leito onde Madhu permanecia sentada, o excêntrico cientista Dr. Behosa pinçou com os dedos uma tela holográfica que possuía diversos códigos desconhecidos para terráqueos. Ele digitou rapidamente alguns códigos, e a máquina robótica alienígena ejetou adesivos idênticos aos que Madhu havia retirado de sua testa e antebraços.

Eram tantas as perguntas na cabeça de Madhu, que ela nem sabia por onde começar. Mas, por mais absurdo que pudesse parecer, ela não estava assustada. A simples presença do cientista de ar angelical a acalmava, ele transmitia segurança e confiança.

– Eu só vou deixar você grudar esses *negócios* em mim depois que responder às minhas perguntas. Como vim parar aqui? O que quis dizer com nave? Por que não me lembro de nada que aconteceu? E para que servem esses negocinhos que quer grudar em mim? – questionou Madhu, ansiosa.

– Estamos em uma nave intergaláctica, que é uma nave espacial projetada para viajar por toda a nossa Galáxia. Quando necessário, também viajamos para outras partes do Universo e até mesmo fora dele – respondeu Behosa. – O trauma ainda lhe impede que se lembre dos últimos acontecimentos que se passaram com você no planeta Terra. O que chama de *negocinhos* são os infropectos. Servem para sua segurança, pois monitoram seu estado de saúde física, mental e emocional.

Madhu ficou estática por uns minutos para digerir a peculiar informação recebida. Não poderia estar sonhando, pois se sentia mais lúcida e viva do que nunca. Talvez tudo aquilo se tratasse de uma experiência científica psicológica na qual era cobaia. Mesmo assim, não fazia sentido. Nada ali fazia sentido. Mergulhada na sua frustrante reflexão, Madhu nem se deu conta que o Dr. Behosa já havia fixado os infropectos na parte medial de seu antebraço branco. Questionou-se se seria possível aquele belíssimo homem estar dizendo a verdade. Ela tinha de descobrir.

– Está me dizendo que fui abduzida? – perguntou Madhu, olhando o infropecto grudado em seu antebraço.

– A senhorita Madhu foi abduzida pelo próprio bem e pelo bem de todos.

O Dr. Behosa estava ansioso para que Madhu acordasse. Tinha grandes interesses no DNA dela. E Madhu era perfeita e única para seu audacioso projeto: uma jovem de 19 anos, com um metro e setenta e seis centímetros de altura, silhueta longilínea, pesando apenas cinquenta e sete quilos. Tinha o cabelo ruivo acobreado comprido e ondulado, caído quase até a cintura, pele muito branca, cheia de sardas no rosto, ombros e braços, uma invejável boca carnuda, nariz arrebitado e olhos cor amarelo âmbar. Mas o que interessava para Behosa era a alma de Madhu, o seu raríssimo DNA etéreo, cujas preciosas informações estavam guardadas em seu DNA físico.

– Espera aí, como sabe meu nome? – quis saber Madhu, se dando conta de que em nenhum momento havia dito seu nome.

– Não é a primeira vez que a senhorita acorda neste laboratório. Estamos monitorando você há algum tempo.

Ah, que ótimo!, pensou Madhu com sarcasmo.

– Pelo menos existe água neste lugar? – indagou Madhu. Estava com tanta sede que acreditava ser esse o motivo de estar com seu discernimento prejudicado.

Terminando de fixar o último infropecto na testa de Madhu, Dr. Behosa digitou novos códigos na tela holográfica e o exótico aparato ejetou um cone de titânio cheio de água.

– É uma água especial, medicinal, vai fazer você se sentir melhor. Beba tudo. Precisamos ir – informou Behosa.

Madhu verteu toda a água de uma só vez. E o Dr. Behosa tinha razão. Madhu se sentia muito melhor depois de beber a suspeita água medicinal, todo o seu mal-estar passou.

Behosa pegou o cone de titânio vazio das mãos de Madhu e o devolveu ao aparato alienígena. Seguiu no sentido da parede e, antes que se esbarrasse nela, ela se abriu de cima para baixo, sem produzir nenhum ruído, revelando um enorme corredor iluminado pelas próprias paredes.

– Vamos! – chamou o Dr. Behosa ao ver que Madhu continuava sentada, sem acreditar no que via.

Madhu seguiu o Dr. Behosa curiosa.

– Vamos? Para onde? – a garota queria saber.

Behosa ignorou Madhu e continuou andando em passos largos com suas longas pernas. Madhu acelerou os passos para acompanhar Behosa.

Não andaram muito no corredor e logo entraram num vasto compartimento de paredes brancas radiantes. O compartimento espaçoso parecia não ter teto. Olhando para cima, Madhu só conseguia ver um breu fantasmagórico. Bem no centro do colossal compartimento havia uma grande nave em formato tetraédrico estrelado com uma das pontas abertas e uma escada que dava acesso ao centro da estrela de cor violeta radiante.

Madhu acompanhou Behosa e ambos entraram na nave estrelada, que levantou voo ultrapassando a escuridão fantasmagórica até alcançar nova luz e voar na posição horizontal. A nave estrelada passou por corredores bem iluminados. Ultrapassando o final do último corredor percorrido, começou a sobrevoar o céu de uma imensa floresta.

Como é possível?, pensou Madhu, confusa. Havia dois maravilhosos sóis no lindo céu rosa. Um grande sol vermelho e outro pequeno sol amarelo vivo. Também se via um rio com águas verdes bem claras, onde golfinhos saltavam alegremente, pareciam estar tentando seguir a nave estrelada. Era a paisagem mais paradisíaca que Madhu já havia visto. Ficou extasiada.

– Saímos da nave? É tão... mágico! Que planeta é esse? – indagou Madhu, estupefata.

– A Floresta Lavy fica dentro da nave Shandi33. O céu é imagem holográfica. Mas todo o resto é real.

Nada daquilo parecia real para Madhu. Tamanha beleza e paz a fez se esquecer de questões importantes como seu pai César e sua irmã Natasha, que deviam estar preocupados com o seu sumiço. E ainda havia muitas outras questões sem respostas, como o fato de olvidar-se de seu trajeto até aquela esplêndida e colossal nave alienígena.

Aquele lugar anestesiava qualquer preocupação presente possível. Era como estar no paraíso citado na *Bíblia*. A verdade era que Madhu não estava nem um pouco com pressa de voltar para casa.

Enquanto sobrevoavam a primorosa Floresta Lavy, testemunhando suas formosas cachoeiras e desmesuradas árvores, Madhu começou a questionar Behosa, pois sua curiosidade sobrepunha a hipnótica visão da floresta.

– Quanto tempo eu fiquei inconsciente aqui na nave? – inquiriu. Era difícil para ela acreditar que estavam dentro de uma imensa nave.

– Foram vinte e três minutos no tempo cronológico de Shandi33 – respondeu Behosa.

– Meu pai vai ficar preocupado quando notar minha falta – disse Madhu, num semblante de preocupação.

– Não se preocupe. Quando voltar ao seu planeta só terá passado poucos segundos fora dele.

Madhu não conseguia duvidar do Dr. Behosa. Por mais absurdas que fossem suas respostas, aquele ser com ar angelical parecia ser incapaz de mentir. E ela já estava começando a se adaptar à estranheza alienígena do imaginável tomando formas ao seu redor.

– Qual é o tamanho desta nave, a Shandi33? – perguntou Madhu. Parecia um tanto ilógico uma floresta tão grande caber dentro de uma nave intergaláctica.

– A Shandi33 possui um raio de 1.326 quilômetros. Um pouco menor que o satélite de seu planeta.

– Uma nave esférica? – tentou descobrir Madhu, numa admiração de incredulidade.

– Dodecaédrica estrelada na verdade – respondeu Behosa.

A espaçonave estrelada na qual sobrevoavam o interior de Shandi33 atravessou uma grande cachoeira, penetrando em uma caverna rochosa de tom perolado, onde a espaçonave pousou. A caverna se escondia atrás do formoso véu de águas cristalinas que caía de forma graciosa no despenhadeiro abaixo. Uma das pontas da nave estrelada se abriu.

– Venha! – chamou Behosa, saindo da nave estrelada.

O interior da caverna estava iluminado com diversas lagartas bioluminescentes, dando um efeito parecido com um céu estrelado. Os dois caminharam caverna adentro, que acabava numa grande parede de rocha lisa perolada. Esta se abriu, revelando uma cidade. Atravessaram a abertura, entrando num charmoso beco com ares de uma cidade pequena do interior da Inglaterra, muito bem arborizado.

As poucas pessoas que andavam no beco pareciam humanos normais como ela, e não um ser exótico como Behosa.

– Humanos? – procurou conhecer Madhu, se referindo às pessoas que andavam distraidamente no beco, trajadas de túnicas ou macacões justos.

O grande paredão de rocha se fechou às suas costas e sua forma estrutural rochosa mudou para um paredão de tijolos rústicos coberto de musgo.

– Híbridos e androides – respondeu Behosa. – Esta é a Ala11. Os híbridos nomearam esta Ala de Shambala.

– A cidade perdida dos tibetanos? – perguntou Madhu, manifestando comoção. Conhecia a lenda budista da cidade perdida dos deuses.

– Não, nem mesmo semelhante. Deram-lhe este nome pelo significado do mesmo. Teremos de pegar uma *vinamaxi*. Andando demoraria três horas para chegarmos ao nosso destino – falou Behosa, seguindo em direção ao que parecia um *jet ski*, que, no local de um volante, havia um painel radiante.

A *vinamaxi* parecia se equilibrar flutuando sobre a calçada. Behosa subiu na frente, espalmou a mão sobre o painel radiante e olhou para Madhu.

– Suba – mandou Behosa, de forma autoritária.

– Para onde estamos indo? – inquiriu novamente enquanto subia na vinamaxi. Quando se sentou, uma esfera de vidro envolveu toda a vinamaxi e seus dois passageiros.

– Para sua nova e temporária casa – respondeu Behosa, fazendo a *vinamaxi* levantar voo.

Madhu segurou firme na alça de apoio à sua frente, sentindo a adrenalina subir conforme a *vinamaxi* ganhava altitude e velocidade. A *vinamaxi* era bem diferente da nave estrelada a qual nem se sentia que estava voando, pois a força centrípeta era nula em seu interior. Já a *vinamaxi* parecia uma moto voadora em alta velocidade. Mesmo sentindo a emoção começar a correr em suas veias, tinha de investigar a razão de ter sido abduzida. Voltou a questionar Behosa.

– E se eu não quiser ficar? – articulou Madhu, na tentativa de descobrir se tinha alguma escolha.

– Crianças não têm sabedoria suficiente para saber o que é melhor para elas. Não tem querer, vai ficar. Não temos mais tempo para erros infantis.

Ser chamada de criança irritou Madhu profundamente, pois desde que sua mãe adoeceu de câncer e ficou em coma induzido no hospital, sem chance de voltar a viver, foi Madhu, com apenas treze anos, que teve de decidir por sua eutanásia. Seu pai estava depressivo demais para qualquer decisão, e sua irmã ainda era muito pequena. Seu pai sempre teve uma postura irresponsável e infantil, incapaz de se lembrar até mesmo de pagar uma simples conta de luz. Era um artista, pintor, que se refugiava em suas artes e se esquecia da vida, das filhas, de comer. E, com a morte da esposa, seu alicerce, se refugiou ainda mais em suas pinturas, estava depressivo. Era Madhu quem cuidava dele. Como se já não bastasse ter de cuidar da irmã de nove anos, seu pai lhe dava ainda mais trabalho que a irmã caçula.

– Eu não sou criança! E posso saber quem é que decidiu me confinar nesta nave alucinógena e por quê? – questionou exaltada.

– Tudo ao seu tempo, senhorita Madhu. Terá todas as respostas em breve.

– Dr. Behosa, me faça um favor? Não me chame de *senhorita*, é só Madhu.

– Como queira. E não precisa me chamar de *doutor*, é só Behosa.

Os dois ficaram em silêncio o restante da viagem. Madhu não conseguia tirar os olhos da extraordinária paisagem que se via logo abaixo, com lagos de águas cristalinas em parques floridos, árvores com folhagens alaranjadas e magentas, o céu holográfico ao alto num tom de lilás e mais ao horizonte num tom alaranjado com o grande sol vermelho se pondo.

Apesar da exaltação por não obter respostas, Madhu nunca se sentiu tão viva e tão feliz. Sentia uma paz profunda, sentia vontade de chorar de felicidade. Sentia que estava finalmente em casa.

Behosa estacionou a *vinamaxi* em frente a um charmoso chalé que parecia ter saído de um conto de fadas. O local era muito arborizado com enormes e majestosos pinheiros, árvores frutíferas desconhecidas e outras floridas totalmente tomadas por flores amarelas, rosas, lilases. Era como ver um chalé escondido num bosque encantado.

Em sintonia com o bosque, a fachada do chalé era de pedras rústicas cobertas de colmo e com uma encantadora chaminé que se erguia bem ao alto. As grandes janelas mais pareciam portas duplas. Trepadeiras floridas subiam contornando o arco da grande porta verde-musgo de entrada. Era uma casa perfeita para Madhu, combinava com seu gosto, com sua personalidade.

– É aqui – informou Behosa, apontando a casa com o queixo.

– É perfeita – constatou Madhu, admirando a arquitetura rústica da fachada de sua nova casa de conto de fadas.

Assim que Madhu e Behosa desceram da *vinamaxi*, uma garota de aparência de adolescente rebelde extravagante abriu a porta. A jovem estava com as mãos sujas de tintas, seu cabelo crespo loiro platinado preso num rabo de cavalo chamava a atenção. Ela sorria e caminhava em passos largos na direção de Madhu.

– Até que enfim, Behozito! – disse a extravagante jovem, dando um amistoso soco no ombro de Behosa. – Estava demorando. Sabe que não gosto de morar sozinha. Melhor uma terráquea do que nada.

A garota pegou Madhu de surpresa com um abraço. Madhu sutilmente retribuiu o abraço.

– Pode me chamar de Liv. E já pode tirar os infropectos, não precisa usá-los em Shambala – disse Liv, que usava um macacão branco justo no corpo, revelando curvas perfeitas.

– Madhu – disse seu nome em cumprimento. – E, afinal, para que servem esses adesivos mesmo? – perguntou. Ela nem se lembrava que estava com os infropectos colados na testa e nos antebraços. E começou a tirá-los.

Liv, Madhu e Behosa seguiram para dentro do chalé, entrando numa aconchegante sala que mais parecia um estúdio de pintor, com cavaletes, telas e tubos de tintas por toda parte. Liv não parecia ser muito organizada, havia deixado o godê de pintura sobre o sofá que estava coberto com uma manta completamente manchada de tintas, formando acidentalmente figuras exóticas abstratas muito coloridas.

Enquanto os três seguiam para dentro da sala, Liv tomou a iniciativa de responder à pergunta de Madhu:

– Os *puros,* como chamamos quem não é híbrido, têm medo de nós, seres emotivos – disse, revirando os olhos. Acham que podemos atacá-los feitos psicopatas a qualquer momento. Então eles implantam os infropectos em nós para nos manter sobre controle quando temos de sair da linda prisão Shambala para outras Alas da Shandi33. Caso você se torne uma ameaça para a Shandi33 ou para qualquer tripulante, os infropectos vão fazer você apagar.

– Esqueceu-se da parte que monitoramos a saúde dos humanos com os infropectos, que injeta substâncias curativas, se necessário – acrescentou Behosa, em pé, na soleira da porta, dando a impressão de que estava com pressa para ir embora.

– Behozito, você sempre só conta o lado bom da história. Garanto que ainda não contou a ela que de agora em diante ela é uma ratinha de laboratório prisioneira – disse Liv, provocando Behosa.

– Preciso ir – informou Behosa, que realmente estava com pressa. – Madhu, amanhã ao nascer dos sóis, Nero virá buscá-la e levá-la para conhecer sua conselheira. E Liv, não encha a cabeça da Madhu com suas teorias conspiratórias sem cabimento. Namastê, meninas! – disse Behosa, dando as costas e indo embora.

– Espera aí! Você me deve algumas respostas. E que negócio é esse de conselheira? – perguntou Madhu.

Behosa subiu na *vinamaxi* e partiu, ignorando as perguntas da Madhu, que se mantinha em pé na soleira da porta vendo a *vinamaxi* levantar voo e sumir no lindo céu de Shambala.

– Não liga, é o jeito dele, sempre com pressa, sempre sem tempo para nós, inferiores seres emotivos. Mas venha, vou lhe mostrar seu quarto – disse Liv, puxando Madhu pela mão em direção à escada. – Você está com fome? – quis saber enquanto subiam as escadas.

– Huuumm... – Madhu não sabia se estava com fome. Eram tantas as novidades, que comer seria a última coisa a pensar.

– Acabei de colher shishades, é a fruta mais doce e suculenta que temos, melhor que chocolate, que não temos nem faz falta. Ah, preciso levá-la para a praia amanhã. É holográfica, não é mar de verdade, mas dá para nadar. Vai ter uma festa, tem gente curiosa para conhecê-la. Você é a única terráquea de toda a Shandi33! Em Shambala, somos todos híbridos ou androides, menos você, claro! Em outras Alas temos os *puros*, que não têm misturas de DNA. E tome cuidado para não confundir híbridos com androides. Os androides são insensíveis e alguns não têm pênis...

Madhu parou de escutar sua nova amiga alienígena ao ouvir a palavra *pênis*. Ela não parava de papear enquanto subiam a escada. Madhu sentia-se cansada, e tudo que ela queria era que a Liv parasse de falar sobre festa na praia com androide sem pênis e lhe contasse o que realmente importava. O que ela estava fazendo naquele lugar?

As duas entraram em um quarto bem simples, rústico e acolhedor, com poucas mobílias. No centro, estava uma cama *king size* e diversas almofadas com estampas coloridas sobre ela. Um grande espelho fixado na parede lateral de pedras chamava a atenção, dando a ilusão de uma dimensão maior do quarto. Um banco estofado vermelho estilo colonial estava na frente do espelho, e logo ao lado um grande baú velho trazia o charme da era medieval ao dormitório. Duas grandes janelas estavam abertas, revelando uma bela vista do jardim florido.

– Aqui é o seu quarto. Suas roupas foram clonadas, estão todas no baú. Não precisamos de xampu nem sabonete. A água esteriliza e limpa tudo, e deixa os cabelos sedosos. Menos o meu, que é terrível, nada deixa meu cabelo sedoso – disse a tagarela alienígena.

– Desde quando está morando aqui? – Madhu precisava investigar.

– Aqui na casa, aqui em Shambala ou aqui na Shandi33?

– Na nave.

– Eu nasci aqui, em Shandi33, no laboratório da Ala45. Sou híbrida, metade DNA de terráqueo, outra metade DNA siriano. Sou fruto de um experimento para uma nova espécie mais evoluída de terráqueos. Pelo menos é isso que dizem. A diferença de uma híbrida, como eu, para uma terráquea, como você, está mais na porcentagem da utilização da mente e na longevidade do corpo. Por exemplo, eu aprendi seu idioma medíocre em duas horas. Um terráqueo não conseguiria isso. E posso viver em média setecentos anos neste corpo.

– Onde estão seus pais? – tentou saber Madhu.

– Nossa sociedade é diferente da sua, terráquea. Não temos pais, nascemos em laboratório, de dentro de uma cápsula bolha e não de dentro de um útero. Eca! Não nos interessa saber quem foi o nosso doador de DNA.

– Quem cuidou de você quando era apenas um bebê?

– Minha conselheira e seus auxiliares. Cada criança híbrida possui um conselheiro. Cada conselheiro tem como dever educar sete crianças. As crianças vivem na Ala7. Depois que deixam de ser crianças, são trazidas para Shambala e não necessitam mais de conselheiros. Mas você, pelo jeito, precisa.

– Liv, eu preciso saber, me conte tudo, nem sei por que estou aqui. O que eles querem de mim? Você sabe?

– Não sei, só tenho teorias e suspeitas. E a sua conselheira me orientou para eu não lhe dizer nada. Ela mesma quer explicar. Se eu disser a minha teoria sobre esse assunto, tomo uma advertência. E não preciso de mais uma na minha lista de advertências, poderia perder algumas regalias importantes, como liberdade para sair de casa e voltar quando eu bem quiser. Sua presença aqui é um mistério. Os cientistas estão sempre cheios de segredinhos. Melhor você descansar. Tenho certeza de que amanhã Nero vai passar aqui bem cedo, e você ainda deve estar com a substância calmante liberada pelos infropectos no sangue. Sua conselheira vai poder responder todas as suas perguntas. Faça perguntas inteligentes e não idiotas de terráqueos sem noção.

Liv saiu do quarto e fechou a porta, deixando Madhu sem respostas e ainda mais confusa.

Madhu se sentia extremamente sonolenta e cansada. Devia ser efeito de alguma droga no organismo, como disse Liv. Não teve outra escolha a não ser se jogar na cama e dormir.

Capítulo 2

Madhu estava presa, encolhida numa pequena gaiola que fedia carniça. Seu pânico aumentava ao saber que logo o grande Dragão iria acordar para devorá-la. O mínimo barulho poderia acordá-lo. Por isso respirava sem produzir nenhum ruído. Mas sabia que seu esforço só estava postergando o inevitável: iria morrer.

O Dragão acordou, abriu seus vorazes olhos vermelhos que revelavam vigorosa fome ao ver sua presa engaiolada. Sua baba gosmenta escorria lentamente pelos cantos de sua enorme boca semiaberta. Aproximou-se vagarosamente da gaiola com o olhar fulminante. Usou sua destemida garra para abrir a gaiola e, ao abri-la, devorou seu jantar numa única bocada.

Madhu acordou sem fôlego, com a camiseta úmida de suor grudada no corpo. Nunca teve um pesadelo tão impiedoso. Olhou ao redor, pelo menos agora sabia onde estava. *Shambala!* – lembrou-se. Só não sabia por que estava presa naquela fascinante cidade de faz de conta e ansiava por uma resposta. Mas não antes de comer. Estava com o estômago reclamando de fome.

Na noite anterior, assim que Liv saiu do quarto e fechou a porta, Madhu se jogou na cama e dormiu em poucos minutos, ignorando sua fome de tão cansada que estava.

Precisava tirar a roupa suada e colocar outra limpa. Foi até o baú e, ao abri-lo, ficou espavorida ao ver todas as suas roupas. *Como é possível?*, pensou. Parecia não estar faltando nenhuma peça. Trocou-se e desceu a escada, seguindo direto para a cozinha.

Entrando na cozinha, teve a bela visão de dois sóis atravésda janela. Sentiu um cheiro perfumado que despertou ainda mais seu apetite. Notou que o delicioso aroma vinha das inusitadas frutas amarelas que estavam num cesto na mesa de centro da cozinha. Sua fome era tamanha que catou uma fruta e deu uma imensa mordida. E não se arrependeu nem um pouco: era a fruta mais saborosa que já havia experimentado na vida, nada se comparava àquele sabor! Quando estava devorando a terceira fruta, Liv aparece pela porta da cozinha que dava para o jardim nos fundos da casa.

– Sabia que iria adorar as shishades, não há quem resista. Colhi pensando em você que, a propósito, está atrasada.

– Bom dia para você também, Liv – disse Madhu, com a boca cheia de shishades. – Atrasada?

– Nero, o assessor da sua conselheira, deve estar chegando, e sua boca está suja de shishades. Meu Vishnu, terráquea! Nem aprendeu a comer direito sem se lambuzar no seu planeta primitivo? Deixe-me ajudá-la – Liv catou um pano de prato pendurado próximo da pia, se aproximou de Madhu com o suave tecido alienígena e limpou o canto da boca de Madhu dos restos de shishades.

– Obrigada. Pode deixar que eu mesma limpo. – Madhu pegou o tecido da mão de Liv e terminou de limpar sua boca.

O doce deleite com as shishades fez com que Madhu se esquecesse do importante encontro com a sua conselheira. Estava ansiosa em vê-la, pois esperava que todo o mistério sobre sua abdução fosse esclarecido.

– Preciso lavar as mãos. – Madhu seguiu em direção à pia da cozinha quando ouviu batidas na porta da entrada da casa.

– Pode ir lavar as mãos, eu abro – disse Liv, seguindo para abrir a porta.

Logo depois, Madhu foi até a porta da frente e viu um imponente jovem alto e magro, de pele branca, cabelo curto castanho-escuro com corte estilo *Beatles* e orelhas pontudas como as de um *elfo*. Ele já estava montado elegantemente numa *vinamaxi*, olhando para Madhu.

– Olá, senhorita Madhu, eu sou Nero. Vim buscá-la para o encontro com a sua conselheira, Tarala Shanata.

– *Híbrido*? – Madhu sussurrou discretamente no ouvido de Liv, que estava bem ao seu lado. E, no mesmo instante, Madhu pareceu ter visto um sorriso disfarçado no canto da boca de Nero. Contudo, Madhu não conhecia a relevante capacidade auditiva de um androide e acreditava que ele não pudesse ter lhe ouvido.

– Androide – respondeu Liv. – Boa sorte, Madhu! E não se esqueça de que hoje temos uma festa na praia.

Madhu subiu na *vinamaxi*, e partiram. Sentia-se plenamente restaurada depois de ter comido shishades.

No trajeto, listou mentalmente as perguntas que faria para a sua conselheira – não podia se esquecer de nenhuma dúvida importante. Porém, inevitavelmente, Madhu acabou se distraindo, deixando seu pensamento se dispersar com a linda paisagem abaixo. Mas não podia ignorar o incomum fato de estar sentada atrás de um interessante androide idêntico a um humano, sem levar em conta as orelhas pontudas.

– Então você é um androide? – perguntou Madhu, que não entendia a grande semelhança com o povo da Terra.

– Sim. Sou um androide zepto-biológico, é a última tecnologia androideana na Via Láctea. Surpresa em conhecer um androide? – indagou Nero, indiferente.

– Nada mais neste lugar me surpreende. – Madhu já estava se acostumando com a excentricidade da nave.

Mas ela estava enganada. Ao ver a paisagem adiante, ficou deslumbrada. Pensou não ser possível existir beleza maior do que já havia visto naquela nave. A paisagem era tomada pelo verde da natureza, com cachoeiras que deslizavam graciosamente pelos rochedos. No centro de toda aquela beleza, havia um esplêndido Castelo de Diamante, radiante e celestial, com uma enorme escadaria.

Nero deixou Madhu aos pés da elegante escadaria. As sinuosas curvas da grande escada levavam até uma grandiosa porta dupla branca luminosa, a entrada principal do castelo. Madhu sabia o que fazer. Tinha a sensação de que já havia visto aquele castelo em algum lugar e, apesar da sensação ser ilógica, seguiu seu intuito. Tirou os sapatos e subiu a escadaria lentamente, respirando fundo para sentir o maravilhoso aroma das plantas do bosque que cercavam o suntuoso castelo, apreciando a suave e fresca brisa que acariciava seu rosto. Tudo era perfeito, e sentia uma paz profunda.

Assim que se aproximou da entrada, as portas se abriram automaticamente, revelando mais encanto. A farta iluminação no interior do Castelo de Diamante parecia reluzir de todas as partes, e no centro da grande antessala de entrada, bem à sua frente, mais uma enorme escadaria com incríveis corrimões esculpidos minuciosamente com graciosas formas curvilíneas.

Madhu sabia que sua conselheira estava na torre mais alta do castelo. Ela sentia e seguiu sua intuição, subindo as escadas. Ao alcançar o último degrau, deparou-se com uma porta muito alta e estreita, que se abriu lentamente. Madhu entrou.

Era uma sala linda e muito ampla, tendo o diamante como base. A decoração e arquitetura seguia estilo semelhante à antiga Índia. Havia uma piscina repleta de flores de lótus à esquerda, cuja extremidade acabava numa parede de diamante que continha uma linda escultura da Deusa Budista Tara Branca. Existiam três degraus de escadas ao redor de toda a piscina e lindos pilares de uma pedra branca radiante esculpida com formas geométricas estupendas. Do lado esquerdo, ficava uma enorme lareira com chamas azuis-celestes.

Bem no centro, com os braços abertos esperando pelo abraço de Madhu, estava Tarala Shanata, sua conselheira. Com enorme cabelo louro-escuro acinzentado e excêntricos olhos violetas, vestia um belíssimo longo branco com mangas compridas e gola alta. O vestido reluzia com minúsculas e abundantes pedrinhas de diamantes por toda a sua extensão. Com traços delicados como os de uma criança e um olhar penetrante de profundo de amor e bondade, Tarala parecia ter luz própria, exatamente como todo aquele miraculoso Castelo de Diamante. Ela transmitia uma doce ingenuidade, suavidade, alegria e paz profunda.

Sem hesitar, Madhu aceitou o amoroso abraço de sua conselheira. Sua paz e alegria eram tanta que Madhu começou a chorar. Nunca havia se sentido tão amada e protegida. Só agora ela entendia a imensa força do poder do amor. Nada na vida era mais grandioso que aquela força emitida do coração de Tarala.

– Minha amada menina. Estou tão feliz em ter você nos meus braços, protegida. Você é tão profundamente amada, minha criança – disse Tarala, na sua suave e angelical voz, com ternura, acariciando os longos cabelos acobreados de Madhu. – Sei que está confusa e preocupada. Estou aqui para ajudá-la. Faça quantas perguntas quiser. – Tarala indicava com o braço num gesto lento e suave para que Madhu se sentasse com ela nas almofadas macias e coloridas diante da lareira. Deixou que Madhu seguisse na frente e se acomodasse primeiro.

A lareira exalava um aroma doce delicioso. As chamas azuis não emitiam calor, era como estar diante de uma suave e doce brisa de primavera.

– Por que estou aqui? Por que fui abduzida? Quando vou voltar? – perguntou Madhu ansiosamente. Eram tantas as perguntas que nem sabia por onde começar.

– Está aqui porque este é o único lugar onde poderá encontrar a verdade necessária para o despertar de sua maestria. E somente os seus passos e suas escolhas dirão quando é hora de voltar.

– Por quê? Por que tenho de estar aqui para descobrir a verdade? Que verdade é essa? – questionou Madhu.

– A verdade está sufocada, presa dentro de algum lugar obscuro, escondido dentro de você. Por isso, só você pode libertar a verdade. Veio aqui porque este é seu caminho. Se eu lhe disser qual a verdade que deve ver, não será a verdade, será apenas um ponto de vista relativo, será apenas o meu ponto de vista. A verdade tem de vir de dentro de você, ou não terá consistência, não será a verdade – respondeu Tarala.

– Como posso... libertar a verdade? – quis saber Madhu.

– Pare de resistir. Não tente controlar a vida. Tente aceitar. Acredite que tudo tem um propósito soberano de ser. O que deve fazer no momento é aproveitar sua estadia a bordo de Shandi33, que lhe mostrará a verdade quando você estiver pronta para aceitar.

– Não entendo. Parar de resistir? – indagou Madhu, que não via resistência nenhuma de sua parte. Não entendia o que Tarala estava falando.

– Esforce-se para se lembrar do que aconteceu momentos antes de ser resgatada pela Shandi33. Seja forte, acredite que tudo tem seu propósito de ser. O medo leva você ao fracasso. Não tenha medo.

– Por que simplesmente não me diz o que aconteceu antes de eu ser abduzida?

– É perigoso, ainda não está preparada para a verdade. Só estará quando começar a vê-la com seu coração. Se lhe disser sem que esteja devidamente preparada, o medo tomará conta de seu coração e todo o nosso trabalho terá sido em vão. Não fique frustrada, minha amada. Desta vez, tenho muita esperança que dará certo. Hoje começará seu processo de busca da verdade. Já está tudo preparado. Basta aproveitar sua jornada a bordo da Shandi33.

– Como posso ficar tranquila e aproveitar esta viagem alucinante sem saber se meu pai e minha irmã estão bem? – inquiriu Madhu, pois, na verdade, realmente este era o único empecilho que a impedia de relaxar e curtir aquele lugar deslumbrante.

– Posso lhe garantir que eles estão bem. Vou explicar uma coisa para que se sinta mais tranquila. Pela lei dos multiversos, não é possível viajar para o passado. Mas Shandi33 consegue penetrar num local neutro, num vazio no espaço entre universos paralelos. Neste local, o tempo dos multiversos fica parado para nós, que estamos no vazio. É como estar congelado no tempo do universo enquanto vive-se dentro do tempo relativo de Shandi33. Neste momento, estamos neste espaço neutro entre universos paralelos, ou seja, o tempo não passou no seu planeta. E, quando voltar para a Terra, estará exatamente no mesmo local e tempo que foi abduzida. Ou seja, ninguém sentirá sua falta.

Não tinha como Madhu duvidar de sua conselheira. Madhu via o amor mais puro nos olhos de Tarala. Sabia que ela dizia a verdade. Aquele ser de luz própria jamais poderia mentir.

– Behosa disse que não é a primeira vez que acordo em Shandi33. O que isso quer dizer? – perguntou Madhu.

– Cada vez que falha e não encontra forças para digerir a verdade, a jornada recomeça. A falha não é só sua, é nossa. Por isso digo que desta vez é muito provável que dê certo. Foi elaborado um bom reajuste no método, um novo plano. Que fortalecerá você antes de encarar a dura verdade.

– A jornada recomeça? – tentou decifrar Madhu, não entendendo o que foi dito por Tarala.

– Eu explico melhor. Não é possível viajar para o passado dentro de um Universo. Mas não estamos dentro de um Universo, estamos no vazio. Shandi33, estando no vazio, seu interior pode viajar para o passado. No vazio, o tempo não existe, mas existe tempo dentro da Shandi33 onde a vida transcorre. É importante que entenda que esta viagem para o passado ocorre apenas aqui, dentro da nave, apenas no tempo de Shandi33.

– Cada vez que você se depara com a verdade e não tem forças para suportá-la, somos enviados de volta no passado do tempo de Shandi33, e você acorda no laboratório de Behosa sem se lembrar das jornadas anteriores que teve a bordo desta nave. Esta é a quinta vez que acorda no laboratório de Behosa sem se lembrar das jornadas anteriores. Geralmente, esse processo de aprendizagem é feito por meio de reencarnações em planetas primitivos, mas não temos mais tempo dentro do Universo para enviar outra Semente Estelar na Terra e esperá-la amadurecer. E também não podemos permanecer no vazio por muito mais tempo de Shandi33.

– Semente Estelar?

– Você é uma de nós, Madhu, que fez o grande sacrifício em nascer completamente humana no planeta Terra, com a missão de nos ajudar a salvar a raça humana terráquea da grande destruição planetária. Faz ideia do quanto lhes amamos, quanto somos gratos pelo seu sacrifício?

– Há um cientista de uma estrela isolada e distante que desenvolveu a tecnologia de voltar o interior da forma dodecaédrica estrelada para o passado, estando esta forma dentro do vazio. O tempo no interior desta forma geométrica pode voltar ao passado quantas vezes forem necessárias, até a lição ser aprendida. Ninguém pode entrar no planeta Terra vindo do futuro, por isso não podemos salvar o planeta Terra dessa forma, intervindo nos eventos passados.

– Quanto à sua memória, teve de ser perdida para protegê-la do medo indigesto, mas toda a informação das experiências vividas nas jornadas anteriores a bordo de Shandi33 permanece no seu inconsciente, e você vem se fortalecendo a cada novo recomeço. Você é a primeira espécie a testar essa nova tecnologia de evolução que encontramos numa isolada estrela distante. Estamos fazendo reajustes nesse novo método experimental do qual você é cobaia. Em breve saberemos se nossos reajustes irão funcionar.

Tarala deu uma pausa antes de continuar a explicação. Madhu se esforçava para permanecer focada, atenta na explicação, enquanto olhava para as chamas azuis-celestes da grande lareira à frente.

– A base para a criação dos multiversos é matemática, música é matemática. Por isso, para que entenda os multiversos e o vazio, farei uma analogia com a música. Na música existem doze sons harmônicos principais, assim como existem doze universos. Depois desses doze sons harmônicos, há um espaço entre a última nota dos doze sons harmônicos principais e a primeira nota dos seguintes doze sons harmônicos que estarão numa outra frequência. Esse espaço entre sons harmônicos é o vazio ou "o muro", como é conhecido na música. Cada nota musical representa um universo, as notas subsequentes representam os universos paralelos. Os doze sons harmônicos seguintes de outra frequência representam os universos paralelos de outra dimensão. O vazio fica entre uma dimensão e outra - explicou Tarala, da melhor forma possível para que Madhu entendesse onde ficava o vazio, ou seja, onde permanecia Shandi33.

Era muita informação recém-adquirida. Madhu precisava de tempo para assimilar todas as inusitadas notícias sobre a destruição do planeta Terra, Semente Estelar, vazio. Precisava refletir sobre tudo aquilo que acontecia com ela.

Ao longo de sua vida, quando observava milhões de estrelas no lindo céu da chácara onde morava com sua família, um profundo e incógnito sentimento de saudade despertava forte emoção em Madhu. Agora ela compreendia que a misteriosa emoção despertada pela bela visão das estrelas vinha de suas experiências de outros mundos. Começava a compreender por que sempre se sentiu deslocada da sociedade humana terráquea, que lhe parecia possuir comportamentos ilógicos e intricados, tão difíceis de aceitar. Sentia solidão por ser incompreendida. Pois era incompreensível para Madhu o fato de as pessoas se alimentarem da morte, da dor e do sofrimento dos animais, sendo que não necessitam de carne para viver – uma alimentação à base de grãos e vegetais seria muito mais saudável para os humanos e para o planeta. O deprimente uso de combustíveis fósseis, o desperdício de recursos naturais e o consumismo. Essas questões a deprimiam, tirava a vontade de viver. O sistema não abria chances para mudanças, era um círculo fechado de autodestruição. E ela se entristecia com o rumo que a humanidade estava tomando.

Só agora Madhu compreendia o porquê de se sentir tão segura e feliz a bordo da Shandi33. Tudo começava a fazer sentido.

Tarala permaneceu em silêncio, respeitando as reflexões de Madhu. As duas permaneceram sentadas lado a lado, admirando as chamas azuis da grande lareira.

– Quando disse que eu sou uma de vocês... Quem são vocês? – perguntou Madhu.

– Somos a Confederação Intergaláctica Estelar. Somos a autoridade responsável pela evolução das espécies em toda a Via Láctea.

– Eu... – Madhu queria ter mais perguntas. Ela tinha mais perguntas! Porém, com a cabeça saturada de tantas informações, sentiu a mente dispersar.

– Imagino que precise de tempo para digerir todas as informações – adivinhou Tarala. – Não tenha pressa e não se preocupe, estarei sempre aqui. Pode voltar sempre que sentir necessidade.

Madhu se despediu de Tarala se sentindo renovada e cheia de vida. Iria seguir o conselho de Tarala: relaxar e aproveitar sua estadia a bordo da fascinante Shandi33. Finalmente se sentia inserida numa sociedade digna de se viver. Nunca se sentiu tão feliz.

Descia distraidamente a longa escadaria externa embevecida com sua alegria. Foi só no final da escadaria que Madhu avistou um belíssimo jovem sorrindo com brilho nos profundos olhos castanhos, que admiravam Madhu com paixão. Ele ofereceu a sua mão a ela, para ajudá-la a descer o último degrau. Ela aceitou envergonhada – sempre se acanhava ao ver um homem muito bonito –, e aquele misterioso jovem simplesmente era o mais bonito que Madhu já havia visto. Era também atraente e sensual, com um olhar penetrante que parecia despi-la. Alto, atlético, com músculos bem definidos, aparentava ser um jovem com pouco mais de vinte anos de idade. Seu cabelo era castanho, curto, com uma charmosa franja lateral caída na testa. Vestia-se elegantemente com uma *kurta,* típico traje masculino indiano que consiste numa camisa comprida, calças e botas *na* cor areia.

– Não imagina como estou feliz em vê-la. Cada minuto sem você me parece uma eternidade – disse o lindo jovem, beijando o dorso da mão de Madhu sem tirar seus olhos dos dela.

– Gostaria de dizer o mesmo. Já nos conhecemos? – articulou Madhu. Mas no fundo Madhu sentia que já o conhecia de algum lugar. E sentiu uma familiar felicidade ao ver aquele estranho e magnífico rapaz.

– Perdoe-me não ter me apresentado. Meu nome é Niki. Estava ansioso em me encontrar com você. Só agora tive permissão para vê-la.

– Meu nome é... Bom, acho que já deve saber meu nome. Nós éramos amigos aqui na nave? – perguntou Madhu.

– Pode-se dizer que éramos muito mais do que amigos – respondeu Niki, cujos olhos apaixonados não o deixavam mentir.

Madhu não conseguia evitar sorrir de felicidade e excitação. Relaxar e aproveitar sua jornada a bordo de Shandi33 começou em grande estilo.

– Venha. Quero que conheça um lugar – convidou Niki, apontando com a cabeça para a direção que deveriam seguir.

Niki e Madhu seguiram andando para dentro do bosque que cercava o suntuoso Castelo de Diamante.

De repente, Niki parou de andar e virou o corpo para trás. – Olhe! – pediu Niki, apontando com o dedo para o Castelo de Diamante, que estava mudando de cor – o brilhante diamante passava para um suave e romântico tom de rosa.

– É... estou sem palavras, Niki! – disse Madhu, encantada com o que via. O castelo estava impressionantemente belo e romântico naquela cor. Era a cena perfeita para o início de um romance – ou seria reinício?

– O castelo é feito de diamante, por isso se chama Castelo de Diamante, e muda de cor conforme o estado mental de Tarala. O pensamento tem o poder de mudar a matéria, mas, com Tarala, esse poder é muito maior – explicava Niki, com carinho na voz.

– Você disse *diamante*? Está falando sério? – interrogou Madhu, surpresa.

– Sim, o diamante foi retirado de um planeta inóspito que continha tanto diamante quanto a Terra contém ferro. Mas não era isso que queria lhe mostrar. Vamos! – chamou, virando-se e voltando a andar bosque adentro.

Depois de breves minutos, chegaram a uma pirâmide de cristal que estava escondida entre os imensos pinheiros do bosque. Subiram uma pequena escada para ter acesso ao interior da construção por uma porta triangular.

Dentro havia um lago com diversas pedras achatadas expostas sobre ele bem no centro. Neste, que também era o centro da pirâmide, havia uma atraente ilha rochosa.

Niki e Madhu foram pisando de pedra em pedra sobre o lago, com cuidado, até alcançarem a ilha rochosa central. Niki ajudava Madhu com cuidado extremo, segurava em sua mão cada vez que Madhu ia pisar numa nova pedra.

No lago havia lindas carpas coloridas biluminescentes, que iluminavam o interior da pirâmide com cores diversas, criando um lindo espetáculo de luzes coloridas. Na ilha rochosa havia um buquê de margaridas brancas. Niki sentou-se próximo ao buquê e Madhu sentou-se ao seu lado.

Niki alcançou o buquê de margaridas e o entregou para Madhu. – São para você! – disse.

– São minhas flores preferidas! Como adivi... Ah! – recordou-se frustrada de que Niki provavelmente deveria saber diversas questões sobre ela, mas ela não sabia nada sobre Niki.

– A cada jornada venho aprimorando minha estratégia em conquistá-la – disse modestamente, dando de ombros. – Continuaria conquistando-a por toda a eternidade. Mas você precisa se lembrar, Madhu. O ciclo de retornos à jornada precisa acabar. Quando olho nos seus olhos, vejo uma profunda tristeza enraizada no fundo de sua alma. Não suporto mais ver essa tristeza em seus olhos. Queria poder carregar essa tristeza para você. Seu sofrimento é meu sofrimento em dobro. Não suporto mais vê-la carregando essa dor.

Madhu ficou com um nó na garganta. Niki tinha razão quanto à sua tristeza, mas não gostava de pensar nesse assunto, era como cutucar uma ferida aberta. Ela desconhecia a razão de tamanha tristeza. Sentiu vontade de abraçar e consolar aquele lindo homem por quem acabara de se apaixonar. Mas conteve-se.

– Em todas as jornadas, esta pirâmide sempre foi seu lugar preferido – disse Niki, se referindo à pirâmide de cristal. – Você gostava de vir aqui para meditar, refletir. Às vezes, nós nos encontrávamos aqui.

– Este ainda é meu lugar preferido – disse Madhu, com profunda sinceridade. Aquele lugar, sem dúvida, era o local mais tranquilo que já havia estado. – Como é que você se lembra de todas as jornadas passadas ocorridas pela viagem no tempo? Só eu perco a memória? – perguntou Madhu. – Isto ainda está confuso na minha cabeça. Não entendo.

– Não é só você que perde a memória, Madhu. Quando esse distinto método estava em discussão para ser implantado, foi decidido que todos os habitantes de Shandi33 iriam perder a memória a cada retorno no tempo para que o efeito da volta ao tempo repetida vezes não fosse tão tedioso e frustrante. Apenas poucos tripulantes de Shandi33 mantiveram a memória preservada, intacta, a cada retorno no tempo.

– Você, Behosa, Tarala... – supunha Madhu, ao ser interrompida.

– Nossas memórias foram preservadas. Todos os conselheiros e cientistas da Shandi33 mantiveram suas memórias preservadas.

– E você? Por que teve a memória preservada? É um cientista?

Niki sorriu sem deixar de olhar para Madhu. Segurou sua mão, e Madhu sentiu o efeito do toque por todo o seu corpo, como uma descarga elétrica que disparou seu batimento cardíaco, trazendo uma sensação de incêndio interno.

– Porque dessa maneira eu poderia ajudá-la – disse Niki, com o olhar inebriado de desejos por Madhu.

Niki deixou Madhu sem fôlego. Era difícil manter-se sóbria na presença daquele homem tão lindo e envolvente. Sentia um intenso desejo de agarrá-lo e beijá-lo. Antes que seu desejo saísse do controle, tinha de mudar de assunto para tirar o foco do romântico clima que se formou.

– Não entendo... Por que manter segredo na Terra sobre a vida extraterrestre? Seria tão mais fácil se vocês ajudassem os seres humanos da Terra.

– Nós ajudamos, em segredo, e existe um bom motivo para isso. Uma das muitas leis que criamos, diria que uma das principais leis que a Confederação Intergaláctica Estelar criou, é a *lei da não interferência*, que é manter segredo absoluto sobre a existência de extraterrestres nos planetas em estágios primários de evolução, como o planeta Terra.

– Antigamente, não mantínhamos esse segredo, e algo terrível aconteceu no planeta Terra. Alguns extraterrestres confederados, vindos de outras estrelas ou de outras naves, afetados pela baixa densidade vibracional dos terráqueos recém-criados, começaram a sentir o gosto pelo poder de sua ilusória superioridade, se autoproclamaram poderosos *deuses* por serem os cientistas criadores da espécie humana terráquea. Surgiram diversos *deuses* em diversas partes do planeta Terra. Muitos tinham ótimas intenções e realmente ajudavam os humanos na evolução, mas outros aproveitaram a oportunidade para obter trabalhadores braçais gratuitos para propósitos egoístas. Medo e esperança são os ingredientes fundamentais para o controle da massa humana primitiva. Os poderosos e temidos *deuses* castigavam os desobedientes e prometiam o paraíso aos devotos fiéis.

– Bom, parece que as coisas não mudaram tanto deste então – disse Madhu.

Niki continuou sua explicação.

– Nesse íntimo contato entre deuses e terráqueos, os terráqueos tiveram acesso a armas e tecnologias muito avançadas de seus *deuses*, e a imaturidade e ignorância dos terráqueos fizeram com que usassem essas ferramentas para provocar terríveis destruições. Os terráqueos se tornaram ameaça para a própria espécie, uma espécie autodestrutiva. E os confederados estavam sendo cada vez mais afetados pela baixa densidade do planeta Terra.

– A única solução que vimos para acabar com todos os problemas criados com o contato entre extraterrestres e terráqueos foi destruir toda a ameaça iminente e iniciar a criação novamente com a *lei da não interferência* em vigor. Foi com o *dilúvio* que destruímos o perigo. Salvamos o DNA apenas de seres mais responsáveis para dar continuação ao nosso trabalho.

– Os *grays* que caíram em Roswell, eles existem? É verdade aquela história de terem sido resgatados pelo governo? – perguntou Madhu.

– Sempre tivemos problemas com os 663, os *grays,* como os terráqueos apelidaram. Eles não são confederados, ou seja, não são nossos aliados. São de um universo paralelo, duas notas abaixo da nossa. São grandes cientistas, nos pediram ajuda para salvar a espécie deles. Resolvemos ajudá-los se respeitassem nossas leis, poderiam vir e colher material de vida em nossa Galáxia. Foi assinado um acordo. Porém, nossa relação com os 663 se tornou tensa, sempre entramos em conflitos. Outro problema pendente que temos para resolver. Como se já não bastassem os reptilianos.

– Reptilianos?

– Claro que nem todos nos dão trabalho, muitos reptilianos nos ajudam, são confederados. Nosso atual Capitão, o Capitão Mastara, que comanda Shandi33, é um reptiliano, um humanoide serpente para ser mais exato. É um grande Mestre, com grande sabedoria. Um excelente líder. Todos nós o admiramos. – Niki achou que era hora de parar de falar. Madhu precisava se alimentar e descansar. Ele sentia forte desejo de protegê-la e cuidar dela. – Estou falando demais. Desculpe-me. Você deve estar com fome. – Niki se levantou e ofereceu a mão para ajudar Madhu a se levantar. – Preparei uma cesta de refeição para nós – apontou para uma cesta no chão no canto da pirâmide sobre uma toalha com desenho de uma linda mandala. Na cesta, havia frutas frescas, tigelas com sementes e outras contendo legumes cortados. Ao lado da cesta, sobre a toalha, estavam duas belas taças de cristal cheias de água. Madhu reconheceu as shishades, grandes amêndoas e enormes maçãs. Os demais alimentos eram desconhecidos para ela.

Eles se sentaram ao redor da notável cesta de frutas e legumes vistosos. Madhu ficou indecisa. Não conhecia a maioria dos alimentos à frente, não sabia o que experimentar primeiro.

– Experimente as fafilas primeiro – disse Niki, passando-lhe uma tigela contendo tiras do que parecia um legume de um amarelo vivo.

– Fafilas – repetiu Madhu, para tentar memorizar o nome do legume alienígena. Deu uma mordida numa tirinha de fafila. – Huuumm... É uma delícia! Vou ficar só nas fafilas – disse com a boca cheia, impressionada com o delicioso sabor delas. – Desse jeito eu vou engordar.

– Impossível! Fafilas não engordam. É claro que não se pode comê-las em excesso, qualquer exagero pode fazer mal. Mas não conseguirá comer tanto. Nossos alimentos, com pouca quantidade, já nos deixam saciados.

Logo Madhu pode notar a veracidade nas palavras de Niki. Não conseguiu comer nem metade da pequena tigela de fafilas. Experimentou uma fruta vermelha por ter um aspecto apetitoso. Tinha sabor semelhante ao da jabuticaba, só que mais saborosa e sem sementes.

– Todos falam português em Shambala? – perguntou Madhu, curiosa.

– Nosso idioma local em Shandi33 é o sânscrito. Todos falam sânscrito. Bem, menos você. Somos poliglotas, falamos todos os idiomas do planeta Terra e de outros também – disse Niki, passando mais uma fruta vermelha para Madhu. – Como sabe, matéria é energia, todo objeto possui uma vibração energética. O sânscrito é um idioma matemático, ou seja, cada palavra possui um comprimento de onda idêntico ao do objeto que aquela palavra representa. Por isso, é um idioma que todas as espécies inteligentes maduras compreendem ao ouvir. Matemática é um idioma universal. Foram os Rishis, nossos sacerdotes de Shandi33, que ensinaram sânscrito para os terráqueos. Seu nome, *Madhu*, como já sabe, em sânscrito significa *mel*, isso porque, ao vocalizar a palavra *madhu*, a vibração dessa palavra cria um comprimento de onda idêntico ao comprimento de onda de uma substância doce, dourada e nutritiva, o mel, substância altamente curativa produzida pelas abelhas, que foram levadas ao planeta Terra pelas sacerdotisas do planeta Avalon. Sem abelhas, os humanos terráqueos não sobreviveriam.

– Minha mãe adorava literatura épica indiana. Eu e minha irmã, quando bem pequenas, adorávamos ouvi-la nos contar a história do épico *Ramayana*

– disse Madhu, com nostalgia. – Se eu não me engano, ela viu o nome *Madhu* em algum épico indiano e gostou. Por isso me deu esse nome.

– Sua mãe recebeu inspiração de Tarala na hora de escolher o seu nome – explicou Niki. – Nada é por acaso, Madhu. Coincidências não existem. Você é a substância curativa da qual a humanidade terráquea necessita.

– O que quer dizer com isso? Eu, substância curativa? – inquiriu Madhu, alcançando a taça de água para beber um gole.

– Toda Semente Estelar é uma substância curativa. Não me pergunte a razão de você ser uma Semente Estelar. Para essa questão, ninguém melhor que Tarala Shanata para lhe explicar.

Niki sabia quanto Madhu era curiosa. Madhu se esforçou para conter a curiosidade e verteu toda a água da taça.

– A história *Ramayana* aconteceu de verdade? – procurou conhecer Madhu.

– Valmiki! – exclamou Niki, como se acabasse de se lembrar de algo importante. – Preciso apresentar você a ele. Foi ele quem escreveu *Ramayana*. É um grande escritor.

– Valmiki Rishi!? Você o conhece? – argumentou Madhu, num abalo de admiração.

– Claro! Ele tripula Shandi33, assim como Narada Muni, Dasharatha e Bharatta. Todos vivem na cidade da Ala33.

– Sita e Rama também vivem em Shandi33?

– Atualmente, estão numa outra nave, Shandi22, um pouco menor que a nossa. Estão numa missão, criando novos humanos no planeta Zulyan, o qual é semelhante à Terra, porém vinte vezes maior. Estão realizando experimentos integrando o DNA deles com o de animais que se desenvolveram no planeta Zulyan.

– Uau! – exclamou com fascínio nos olhos. – Eu me sinto uma lerdaça visitando o mundo dos *deuses*.

– O problema está no DNA do corpo que está usando, Madhu. É um corpo bem limitado, aprisionado em cinco sentidos bem restritos. Não é *você*. Quando era uma de nós, sabia tanto quanto nós – explicou Niki. – Quero dizer, você ainda é uma de nós, que está temporariamente nesse corpo humano terráqueo para cumprir uma missão.

Vendo que Madhu já havia se alimentado e estava satisfeita, Niki achou melhor levá-la para sua casa temporária em Shambala. Sabia que ela carecia de descanso. Seu desejo era não sair do lado dela. Mas as necessidades de Madhu vinham em primeiro lugar.

– Vamos?! Vou levá-la para casa – disse Niki, se levantando e oferecendo sua mão para ajudar Madhu a ficar em pé. – E gostaria de convidá-la para sair hoje no final da tarde. Haverá uma festa na praia ao pôr dos sóis. Gostaria que me acompanhasse – pediu com carinho nos olhos, segurando a mão de Madhu.

– Liv comentou sobre essa festa. É claro que aceito – respondeu Madhu, com convicção. Pois tudo o que Madhu mais queria era passar mais tempo com Niki, ser abraçada e beijada por ele. Ela sentia uma forte e inexplicável atração por ele. Uma mistura perfeita de carinho, admiração, respeito e atração sexual.

Niki recolheu a cesta e a toalha do piquenique e levou-a consigo enquanto seguia para fora da pirâmide de cristal acompanhado de Madhu. Seguiu até uma entroncada árvore, espalmou a mão na árvore que abriu um buraco no tronco, onde Niki jogou a cesta e a toalha.

Foi só quando o buraco se abriu no tronco da árvore que Madhu pôde perceber que aquela não era uma árvore de verdade. Pelo menos não como as árvores que conhecia.

Seguiram andando até a *vinamaxi* mais próxima, que os levou até a casa provisória de Madhu. A *vinamaxi* parou bem em frente à fachada do chalé.

– Acho que preciso aprender a pilotar esta coisa – disse Madhu, se referindo a *vinamaxi*. Madhu não queria depender sempre de alguém para se deslocar em Shambala.

– Mas primeiro teria de aprender a comunicação telepática com pedra de crysptina, diamante e cristal. – Niki se sentia triste por Madhu estar num corpo tão limitado. Sabia que, para seres humanos terráqueos, seria impossível comunicar-se telepaticamente com pedras.

Os dois desceram da *vinamaxi*, e Niki acompanhou Madhu até a porta. Ele se aproximou de Madhu, que sentiu seu corpo queimar e seus batimentos cardíacos se acelerarem. Ela foi pega de surpresa com um beijo... No rosto. Não era bem o que ela queria. Mesmo assim, aquele simples beijo tirou seu fôlego.

– Passo para pegá-la daqui duas horas. Aproveite para descansar – disse Niki.

– Obrigada, Niki. Pela refeição, por tudo.

Niki beijou o dorso da mão de Madhu e partiu na *vinamaxi*.

Madhu se sentia como se estivesse andando nas nuvens. Não acreditava em paixão à primeira vista até conhecer Niki. Entrou na casa não conseguindo conter um largo sorriso.

Liv estava na sala pintando uma tela num cavalete.

– Você demorou! – exclamou, com uma expressão curiosa no olhar, levantando apenas uma das sobrancelhas. – E pela sua cara, a conversa foi muito boa. Até que enfim chegou! Tem apenas duas horas para tomar banho, comer e se arrumar para a festa na praia. Separei uma roupa para você, é emprestada, vê se não rasga tropeçando nela com esse corpo terráqueo sem coordenação. Vi no seu baú que não tem nada apropriado para usar na festa. Deixei em cima da sua cama – disse Liv, enquanto continuava pintando a tela. – Por favor, não se atrase, não quero chegar atrasada. Pontualidade em Shambala é muito importante.

– Você ficaria muito chateada se eu não for com você? – perguntou Madhu, receosa. Estava se sentindo culpada; afinal, Liv a convidou primeiro, e só agora ela se lembrou de que teria de contar a Liv que iria com outra pessoa.

– Você vai sim, Madhu! Juro que vai ser muito legal. Você não vai se arrepender...

– Eu vou! – exclamou, interrompendo Liv. – Eu conheci um garoto, ele me convidou, vai passar aqui. Mas, se quiser, claro que pode ir com a gente.

– Espere aí! No seu segundo dia em Shambala você arrumou um garoto para levá-la a uma festa? Humpf! Deve ser seu cheiro. Já ouvi dizer que o cheiro dos hormônios de terráqueos é bem forte, coisa de primitivos. Agora entendi o brilho nos olhos e o sorriso estranho. Quem é o desatinado? Conte-me tudo. Como o conheceu? – Liv até parou de pintar o quadro, tamanha sua curiosidade.

– O nome dele é Niki. Parece que ele estava esperando eu sair do Castelo de Diamante para falar comigo.

– Niki! O Niki? Ai, Madhu, eu disse para você ficar longe dos androides!

– O Niki não é um...

– É claro que é! – exclamou Liv, interrompendo Madhu. – E deve ser um daqueles androides bizarros sem pênis. Nunca o vi com nenhuma garota. Sempre tão sério, tão comedido, responsável... Só sabe trabalhar. Um chato! Ele foi meu professor o ano passado.

Não acredito que o Niki convidou você para sair. Deve ter algum parafuso solto naquele androide.

– Deve ser outro Niki – disse Madhu.

– Só existe um Niki em toda a Shandi33, *mon cher*. Pode ir com o Niki, você não é minha única amiga. Tinha dito às minhas amigas que iria levá-la, mas vou dizer que houve mudanças de plano por um motivo um tanto inusitado e que vou com elas. Recuso-me a segurar vela para uma terráquea ingênua e um androide chato. Estou pintando esse quadro inspirada em você. Sei lá por que *diacho* você me inspirou.

– Desculpa, Liv. De verdade. E o Niki... ele pareceu tão humano. – Madhu não poderia acreditar que estavam falando do mesmo Niki.

– Todos os androides zepto-biológicos se parecem humanos, mas são feitos de material biológico sintético que esteticamente imita o material orgânico natural. Feitos em laboratórios, da cabeça aos pés. Não envelhecem e nunca morrem. A maioria não tem emoções. Mas agora estão começando a fazer testes implantando emoções e sensações em alguns androides. Sei lá, o Niki deve ter tido algum implante bizarro desses para ter essa atitude absurda de convidá-la para a festa. Ele foi meu professor de herbologia medicinal no ano passado e nunca demonstrou emoção.

Aquela informação deixou Madhu confusa. *Apaixonada por um androide? O Niki!,* pensou. Não fazia sentido. Resolveu não prejulgar antes de ter certeza da verdade. Iria se encontrar com Niki, então esclareceria tudo com ele.

Madhu foi até seu quarto e viu que havia um grande e belíssimo tecido na cor amarelo queimado com graciosos bordados dourados estendido de forma cuidadosa em cima de sua cama. O bordado parecia ser feito com linha de ouro. Madhu tocou no tecido admirando as estampas bordadas. Parecia um finíssimo traje indiano. Enquanto se maravilhava com o traje, Liv entrou no quarto.

– É um *sari* – disse Liv apontando com o queixo para o traje. – Imagino que não saiba vesti-lo. Por isso subi para ensinar você a usá-lo. Escolhi essa cor porque combina com você. Quer dizer, o verde ficaria mais exótico e interessante num contraste com a cor do seu cabelo. Mas o dourado combina com seu nome e com sua personalidade. O que achou?

– Deve ficar lindo no corpo. Realmente não saberia vestir esse monte de pano sozinha.

– Mas primeiro vou encher a banheira para você tomar um banho. Sinto-me como se estivesse cuidando de uma criança. Behozita me apronta cada uma! Que aroma prefere? *Brifila*, *nudacur*, lavanda... Huuumm, quase me esqueci, você só conhece lavanda.

– Lavanda está ótimo. Para que o aroma? – perguntou Madhu.

– A água do banho é aromática. Para lavar o cabelo, basta mergulhá-lo na água...

– Já sei! Não precisa usar xampu, nem sabonete, a água esteriliza tudo – completou Madhu, lembrando-se do que Liv lhe havia dito no dia anterior.

– Ufa! Pelo menos isso você memorizou. Estava começando a achar que seu cérebro fosse um caso perdido.

– Tenho mesmo que usar o... – *Droga!*, pensou Madhu, que não se lembrava do nome do traje que acabara de ser dito. Talvez Liv tinha razão. Seu cérebro parecia um caso perdido com relação à memória.

– *Sari*! É uma festa de traje a rigor. Não seria educado dar uma de rebelde usando essas suas roupas disformes.

Madhu estava começando a se irritar com a sinceridade perversa de Liv. Começava a sentir falta da falsidade educada de uma boa amiga terráquea.

Madhu nunca foi vaidosa, muito menos consumista. Não se importava com moda, preferia gastar dinheiro com viagens e livros. Suas roupas eram velhas, típicas de adolescente *nerd*, que comprou quando ainda era uma adolescente de dezessete anos. Desde então não comprou mais peças. Tudo o que tinha para calçar era um sapato boneca estilo retro, um tênis *all star* vermelho e um chinelo *havaianas* verde. Madhu caminhou até o banheiro, onde observou Liv digitar um código num painel na parede ao lado da banheira. E logo ela começou a se encher de água, que parecia sair do ralo.

Memorizou o código digitado, para poder preparar o próprio banho da próxima vez.

– E o que eu poderia usar nos pés? – quis saber Madhu preocupada. Seu chinelo verde ou seu sapato boneca não combinavam nem um pouco com o *sari*. Muito menos seu tênis.

– É uma festa na praia, não precisa calçar nada. Tome seu banho – disse Liv, enquanto saia do banheiro.

– Liv, obrigada por tudo. – Apesar da irritante sinceridade de Liv, Madhu gostava do jeito espontâneo e moleque de sua nova amiga. Liv parecia ter a sua idade. Resolveu tirar a duvida. – Quantos anos você tem?

– Vou fazer quatorze anos no tempo cronológico do seu planeta primitivo.

– Você parece ter bem mais de treze anos em todos os aspectos.

– Característica siriana, que amadurece mais rápido que a terráquea.

– Você deve me achar uma estúpida. – Madhu se sentia tola comparada a Liv.

– Você não é estúpida, Madhu. Você está em um corpo estúpido, é diferente. Nossos espíritos têm a mesma origem, por isso, não sou melhor que você em nada. Só estou num corpo com um cérebro que funciona melhor que o do corpo que você está usando. Só isso.

Liv saiu do banheiro e fechou a porta. Madhu tirou sua camiseta *baby look* azul royal com estampa da Mulher Maravilha, o tênis e a calça jeans surrada. Entrou na banheira. A água estava na temperatura ideal para seu corpo. O aroma de lavanda era maravilhoso e relaxante. Deitou na banheira e encostou a cabeça no apoio macio. De tão profundamente relaxada, acabou pegando no sono.

Capítulo 3

– Mãe, mãe! – gritou em desespero. Não acredito! Era ela, está viva!, pensou Madhu enquanto percorria as ruínas de uma antiga cidade à procura de sua mãe que acabara de ver. Parecia que sua mãe não lhe ouvira chamar e se perdera nas ruínas que formavam um grande labirinto.

Madhu correu por todo o labirinto de ruínas chamando sua mãe. Não mais a viu, mas ela estava lá, em algum lugar.

Virou em mais um beco estreito da ruína e não viu que este desembocava num grande lago de águas taciturnas. Assim que Madhu avistou o lago, já era tarde de mais: não conseguiu parar a tempo e mergulhou nas profundezas do lago.

Começou a afundar como pedra, não conseguia nadar, seu corpo estava muito pesado. Ao tocar a profundeza fantasmagórica do lago, viu sua mãe. Ela estava sorrindo, linda como uma sereia, que, feliz em rever a filha, abria os braços num convite tentador.

Porém, Madhu não conseguia sair do lugar, estava pesada como uma rocha, engolindo água, sentia seu pulmão queimar de dor. Estava se afogando e em breve iria morrer, isto era inevitável. Jamais veria sua mãe novamente.

Ao acordar, Madhu nem se deu conta de que estava se afogando na banheira de sua nova casa em Shambala. Pensou que ainda estivesse no fundo do lago. Confusa e desorientada, sentou-se na banheira tossindo e desesperadamente respirou o ar com avidez.

A água da banheira continuava numa temperatura agradável com o relaxante aroma de lavanda. Depois de se recuperar do princípio de afogamento, Madhu se levantou com as pernas ainda bambas, se secou, enrolou a toalha no corpo e foi para o seu quarto onde Liv a esperava ajeitando seu cabelo no espelho, já pronta, vestida elegantemente num fino *sari* marfim. Seu cabelo estava todo trançado com várias pequenas tranças embutidas que se encontravam em sua nuca e desciam nas costas em uma linda trança espinha de peixe. Liv estava linda.

– Humfp, até que enfim! Pensei que havia se afogado na banheira – disse Liv, com sarcasmo. Mal sabia ela que Madhu realmente quase morreu afogada. – Sabia que iria relaxar e adorar o banho aromático, mas não precisava exagerar. Está atrasada. Temos apenas vinte minutos para colocar sua roupa, fazer cabelo e maquiagem.

– Você está linda! – exclamou Madhu, admirando Liv em seu traje de festa.

– Eu sei. E também vou deixá-la linda. Senta aqui – ordenou Liv, apontando para o banco em frente do grande espelho na parede do quarto da Madhu. – Primeiro vou fazer seu cabelo e maquiagem, por último ajudo-a com o *sari*.

Liv trançava o belo cabelo acobreado de Madhu como se fosse uma profissional experiente em penteados. Fez uma formosa e volumosa trança espinha de peixe embutida lateralmente, deixando a longa franja solta. Fez uma maquiagem leve, com tons pastéis, destacando bem os olhos cor de mel de Madhu.

Madhu se olhou no espelho admirando o trabalho de Liv. Nunca se sentiu tão linda.

– Caramba, Liv!

– É, eu sei. Cinco minutos, rápido! – disse Liv, pegando o *sari* que estava sobre a cama e o ajeitando em suas mãos.

Quando Liv terminou de ajudar Madhu a se vestir, ouviram batidas na porta da frente da casa. Madhu nem teve tempo de dar uma última olhada no espelho para ver como havia ficado. Desceram as escadas juntas, Liv na frente.

Madhu não estava animada para a festa, mas, sim, para ver Niki. Não gostava de festas, nunca gostou. Música alta, gritaria, ostentação, bêbados inconvenientes. No entanto, estava entusiasmada para sair com Niki e tirar suas dúvidas a respeito da informação que recebeu de Liv.

Liv abriu a porta. Era Niki. Ele estava todo de branco. Usava calça pescador amarrada na cintura com um cordão grosso, uma bata com uma discreta abertura até o peitoral musculoso e descalço. Radiantemente lindo. Vê-lo fez Madhu espontaneamente dar um tímido sorriso. Impossível haver um homem... (ou seria um androide?) mais belo que Niki.

Niki não conseguia tirar os olhos de Madhu. Estava sem palavras admirando-a. Parecia uma Deusa Indiana.

– Oi, professor Niki! Se fizer a minha amiga sofrer, juro que jogo você no buraco da reciclagem. Tchau para os dois! Vejo você na festa, Madhu. Tenho de passar na casa da Sarah e estou atrasada – disse Liv, saindo pela porta.

– Diga-me que isso não é um sonho – pediu Niki, que não conseguia tirar os olhos de Madhu.

– Quando eu descobrir o que é isso, eu conto – respondeu se aproximando de Niki e, mais confiante com sua aparência, deu um selinho na boca dele.

Niki não resistiu, agarrou Madhu e lhe deu um beijo de verdade, de tirar o fôlego. Os dois abraçados pareciam se encaixar naturalmente, parecia tudo maravilhoso. Madhu desejou que aquele beijo nunca tivesse fim, que nunca mais se separasse de Niki. Ele era perfeito. O beijo durou dez minutos ininterruptos. Nenhum dos dois queria interromper aquele momento especial. Desejavam que durasse por toda a eternidade. O beijo perdurou até Madhu se lembrar de que Niki poderia ser um androide.

– Temos de conversar – disse Madhu, interrompendo o beijo.

– Na festa. Vamos! Os sóis já vão se pôr. Não quero que perca o espetáculo.

Seguiram rapidamente para a praia em alta velocidade na *vinamaxi*, que pousou bem em frente ao local da festa.

Apesar de o mar ser holográfico, aquilo, sim, era praia. As paradisíacas fotos de litorais de revistas de viagem terráqueas não chegavam aos pés da praia de Shambala. A areia era branca como açúcar refinado, macia e quentinha. Os coqueiros ao longo da costa ofereciam aos visitantes sombra e água de coco fresca. O mar era de um azul vivo, e, próximo da margem, a água era verde translúcida. Já havia várias pessoas admirando os sóis holográficos, que começariam a se pôr naquele momento.

Niki e Madhu sentaram-se na areia de mãos dadas. No céu, havia uma estupenda aurora boreal em tons de magenta, laranja e lilás. A beleza e a magia daquele lugar fizeram escorrer lágrimas de alegria dos olhos de Madhu. Era muita paz e beleza como jamais vira. Niki ofereceu um lenço para que ela secasse as lágrimas.

Quando o pequeno sol amarelo vivo começou a se esconder no horizonte, imitiu um doce e leve som "ahh".Parecia voz de anjos cantando. Quando o pequeno sol estava escondido pela metade, o segundo grande sol vermelho começou se pôr no horizonte logo à sua direita. Quando o sol maior tocou o horizonte, emitiu um som grave "umm". Este som trouxe ainda mais paz e beleza, num equilíbrio perfeito. Os dois sóis se pondo ao mesmo tempo formavam o som "ahumm", que parecia estar sendo emitido por vozes de anjos num coro de alegria e amor por toda a criação. Madhu não conseguia parar de chorar de tanta gratidão que sentia em seu coração.

Logo após os dois sóis desaparecerem por completo, as estrelas e uma grande lua vermelha iluminaram o céu.

– Os dois sóis são Sirius A e Sirius B. Idênticos aos reais vistos do planeta Avalon, na constelação de Canis Major. Eles giram um em torno do outro, criando uma espiral idêntica à do DNA humano. É de lá que viemos – disse Niki baixinho, aproximando sua boca da orelha de Madhu, que sentiu todo o seu corpo arrepiar.

– Liv me disse que você é um androide. – O romântico momento não parecia ser o mais oportuno para tocar no assunto. Mas ela precisava sanar logo suas dúvidas.

– Liv não mente. Eu sou um androide.

– Mas como... Liv disse que androides não têm emoções.

– A sua nova amiga alienígena não teve boas experiências com androides. – Niki sorriu como se estivesse lembrando-se de um fato engraçado. – O que me diferencia de um ser humano é o corpo, e o que temos em comum é a alma. Cada androide é único e tem a própria história para contar. No meu caso, eu era um ser humano de Sirius e, num determinado momento, quando teria de deixar o velho corpo humano, ou seja, morrer, surgiu a oportunidade para que eu pudesse escolher entre entrar num corpo androide imperecível e imortal ou entrar num novo corpo orgânico, que, apesar de ter uma longevidade bem maior de um ser humano terráqueo, seria perecível. Escolhi o corpo androide. O meu corpo emocional foi gravemente prejudicado. Naquela época, um androide não tinha capacidade de acoplar o corpo emocional. Por isso, tenho de admitir: não sou emotivo como um ser humano. Mas você tem de entender que o amor não é uma emoção, é um sentimento. Nunca poderia me apaixonar, isto é emoção, mas nunca perdi minha capacidade de amar, isto é sentimento. Eu sempre amei você, nunca deixei de amá-la, minha doce Madhu.

Aquelas últimas palavras de Niki fizeram o coração de Madhu bater numa velocidade impressionante. Ela percebeu que amava Niki, não importava o que ele fosse ou que corpo estivesse usando. Ela o amava profundamente.

– Você consegue ter... sensações táteis? – perguntou com timidez, precisava saber se Niki podia sentir seu toque.

– Perfeitamente. Melhores que as de um ser humano – disse Niki sorrindo e acariciando o braço de Madhu, que ficou arrepiada com o toque.

– Até que enfim encontrei vocês! – falou Liv, quebrando o clima. Em pé, de frente para o casal, olhava para Madhu e ignorava Niki. – Madhu, quero que conheça Keshava.

Niki e Madhu se levantaram para cumprimentar as garotas.

– Meu Vishnu! Ela é mesmo uma humana terráquea autêntica? – perguntou Keshava, retoricamente. Vestia um *sari* verde-musgo e sua longa trança cinza com reflexo rosado chegava até sua cintura.

– Nascida e criada no planeta Terra. Não é demais?! – disse Liv, animada.

– A excêntrica terráquea aqui fica feliz em conhecê-la – cumprimentou Madhu, oferecendo a mão para Keshava.

– Você é linda! – disse Keshava, aceitando a mão de Madhu. – Como pode? Digo, terráqueos são altamente perecíveis, sem suporte nenhum ao equilíbrio. Mas você parece quase uma de nós!

– É... Obrigada! – Madhu ficou na dúvida se aquilo tinha sido um elogio. Na dúvida, agradeceu. Mas, "altamente perecível" não lhe parecia muito um elogio.

– Nunca saí de Shandi33! Queria tanto conhecer um planeta, ver um céu de verdade, sentir o sol na pele, o vento, nadar num mar de verdade. Deve ser incrível! – exclamou Keshava, com entusiasmo.

– Posso lhe garantir que o céu de Shambala parece tão real quanto o do meu planeta.

– Ah, eu sei, mas é diferente, e dizem que o planeta Terra possui uma densidade vibracional bem pesada. Queria experimentar. Adoro experimentar coisas diferentes. – Keshava estava tão empolgada em conhecer uma humana altamente perecível que só agora se dava conta da presença de Niki. – Ah, namastê, professor Niki – disse, com as mãos unidas na altura do peito se inclinando em direção a Niki, numa saudação respeitosa.

– Namastê, Keshava, e namastê, Liv. Eu agradeço a simpática hospitalidade de vocês com a Madhu, mas agora, se me permitem, queremos ficar a sós.

– Humpf! Juro que não entendo! – disse Liv, revirando os olhos. – O torneio de Gayatri vai começar. Vamos, Keshava! Não vamos deixar os androides vencerem dessa vez. – Deu as costas e se afastou.

– Foi uma grande honra conhecer você, Madhu. Espero um dia ter tempo de conversar com você sobre suas experiências no planeta Terra. Já vi holografias de animais bem estranhos que vivem lá. Namastê! – se despediu Keshava, que seguiu Liv em passos largos para alcançá-la, sem esperar uma resposta de despedida de Madhu.

– Torneio de quê? – questionou Madhu para Niki.

– Gayatri. É um jogo onde imagens holográficas de outros mundos surgem ao redor dos participantes, em que todos se interagem no jogo. Vence quem conseguir resolver equações matemáticas complexas mais rápido e também tiver boa coordenação motora, capacidade de sobrevivência e conhecimento de geometria espacial. A disputa é sempre entre híbridos androides. Na maioria das vezes os androides vencem.

– Nós vamos ter de participar disso? – perguntou Madhu, preocupada. Seria humilhante para ela.

– Se não se importa, prefiro caminhar pela praia de mãos dadas com você – pediu, olhando profundamente nos olhos de Madhu, segurando suas duas mãos.

– Isso me parece bem mais divertido – responde Madhu, com um sorriso.

Andaram durante uma hora de mãos dadas à beira-mar. As pequenas ondas de água morna e cristalina batiam em seus pés. A grande lua vermelha estava bem diante deles, oferecendo uma paisagem muito romântica. Niki contava a Madhu sobre alguns planetas que já viveu e diferentes formas de vidas inteligentes que já conheceu. Madhu permaneceu em silêncio: as aventuras que Niki contava eram inebriantes.

– E você sempre esteve comigo em todas as jornadas. Tivemos de nos separar para você nascer no planeta Terra. O vazio que senti sem você ao meu lado pareceu uma eternidade. – Ele ficou de frente para Madhu, puxou-a pela cintura e lhe deu um longo beijo. Depois disse: – E sua missão como terráquea ainda nem começou. Queria poder ter o luxo do egoísmo e passar a noite inteira com você. Mas não posso. Devo levá-la para casa agora – disse Niki, com olhar triste de dor.

– Você sabe qual é a minha missão? – Madhu também não queria perder nenhum segundo longe de Niki. Ele era tudo que ela sempre quis. Ele era sua felicidade, sua vida, seu tudo. Não conseguiria imaginar viver sem Niki. Não queria pensar nesse assunto. Não queria nenhuma missão.

– Começa com a sua iniciação. Temos de nos concentrar nela. Você precisa estar descansada. Dormir é muito importante. Seus sonhos são preciosas chaves para revelar a verdade esquecida.

– Minha iniciação? Iniciação para quê?

– Somente sua conselheira poderá lhe dizer melhor. Não tenho permissão para isso. Procure por ela amanhã. Posso levá-la até lá se quiser. Mas agora preciso levá-la para casa – disse contrariado. Queria ficar com ela, a noite toda, o dia todo, para sempre.

– Quero ficar com você – murmurou Madhu, olhando para baixo. Para ela também seria muito triste se afastar de Niki, nem que fosse por pouco tempo.

– Todo um planeta depende de você, Madhu. Depende de nós! Falta pouco, minha doce Madhu. Falta pouco.

– Falta pouco para ficarmos juntos para sempre? – perguntou Madhu, com insegurança.

– Falta pouco para você se lembrar, voltar para o planeta Terra e finalizar sua missão.

– Teremos de nos separar novamente por quanto tempo? – tentou descobrir Madhu, não contendo as lágrimas que escorriam em seu rosto. – Deixar Shambala, para mim, seria muito dolorido. Mas deixar você... não sei se aguento. – Sentiu um aperto forte em seu coração.

Niki pegou Madhu em seus braços e lhe deu um abraço apertado e apaixonado. Eles se beijaram ainda mais intensamente. Madhu sentiu algo duro crescendo, encostado na sua virilha. A suspeita de

Liv estava errada. Niki definitivamente não era um androide sem pênis.

Contra a vontade dos dois, Niki levou Madhu de volta para a casa provisória.

Niki era a primeira paixão de Madhu. Ela nunca havia experimentado algo tão profundo. Já havia namorado o Cadu (apelido de Carlos Eduardo) por dois meses. Eles estudaram o ensino médio juntos e só se viam na escola, não era nada sério. Madhu sempre teve muitas responsabilidades com a família, não tinha tempo para sair e se divertir.

Ela estava perdidamente apaixonada por Niki, com as pupilas dilatadas – seus lindos olhos âmbar brilhavam mais que as estrelas do céu holográfico. Niki deixou Madhu na porta da casa, sem soltar sua mão.

– Passo para pegá-la amanhã, bem cedo. Ao nascer dos sóis, tudo bem? – perguntou Niki.

– Não tem problema eu fazer uma visita surpresa para Tarala?

– Ela é sua conselheira, nunca se surpreenderá com sua presença. Sabe que você irá procurá-la amanhã, pois sente tudo o que está em seu coração.

– Estarei esperando você ao nascer dos sóis – disse Madhu, com um sorriso apaixonado no rosto.

Niki deu um beijo caprichado de despedida em Madhu e, contra sua vontade, partiu.

Madhu entrou na casa e viu que Liv pintava uma tela num cavalete na sala.

– Cheguei mais inspirada do que nunca. Acabei nem participando do torneio de Gayatri. Essa coisa estranha de você sair com um androide... sei lá! Obrigada por me inspirar tanto! – disse Liv, sem tirar os olhos da tela.

– Ãhn... De nada! Pelo menos estou lhe sendo útil para alguma coisa – disse Madhu. – Liv, o que sabe sobre a provável destruição do planeta Terra e minha missão nessa história toda?

– Tatatatata... – Liv dispensou Madhu, enxotando-a com um gesto contínuo da mão, sem tirar os olhos da tela.

– Boa noite para você também, Liv.

Madhu subiu para o quarto, desfez o cabelo, vestiu um pijama confortável e abriu bem a janela. Usaria a luz dos sóis como despertador. Sabia que a luz dos sóis iluminariam diretamente a sua cama ao amanhecer.

Suspirou de amor algumas vezes pensando em Niki e logo caiu no sono.

Capítulo 4

Em pânico, Madhu correu e se escondeu atrás de uma grande rocha. Nunca sentiu tanto medo. Estava sozinha, sem ninguém para ajudá-la.

Ouviu as batidas das asas do corpulento Dragão que se aproximava para devorá-la. Ele sabia onde ela estava, não havia como se esconder. A disputa era injusta, uma mera terráquea contra um sagaz Dragão. Como puderam lhe dar uma missão tão difícil?

Escondida, com as mãos trêmulas segurando com força a imensa espada que ganhou de Niki antes de ser enviada de volta ao planeta Terra, Madhu ainda tinha a inútil esperança de que o Dragão não a encontrasse.

O Dragão se aproximou e pousou bem na sua frente. Ele era intimidador com seus olhos vermelhos que queimavam de raiva e suas enormes garras afiadas. Madhu apontou a espada hesitante para o enorme Dragão, que riu da sua tola ingenuidade.

– Humana idiota! Acha mesmo que esta espada pode me matar? – disse o Dragão, que bateu sua enorme cauda nos braços de Madhu, fazendo a espada cair longe de seu alcance.

– Por favor, por favor! Não precisa me devorar. Você já venceu. A Terra é sua. Não me mate! – implorou Madhu. Ela não podia suportar o fato de morrer e nunca mais ver Niki.

O Dragão caiu na gargalhada. – Você é o pior fracasso que já vi. Deixarei que viva um pouco mais, para ver a destruição do planeta Terra e se lembrar que foi pela sua covardia e fraqueza que este planeta será completamente destruído – disse o Dragão dando as costas e voando para bem longe.

A paisagem era inóspita.O fogo do Dragão havia queimado todas as plantas que existiam naquele local. O céu estava carregado de nuvens escuras, e trovões anunciavam grande tempestade. Madhu correu para procurar um abrigo. Foi quando ouviu a voz de Niki atrás dela, bem ao longe, gritando seu nome.

– Madhu, espere! – Niki gritava em desespero.

Madhu olhou para trás e viu Niki correndo em sua direção.

– Niki, temos de sair daqui rápido! – ela tentava correr na direção de Niki, mas o vento era muito forte, e Madhu só conseguiu dar dois passos.

E, então, viu uma grande bola de fogo no céu, que estava caindo na direção de Niki.

– Niki! – gritou Madhu em agonia.

A terrível bola de fogo caiu bem em cima de Niki, destruindo seu corpo, que ficou aos pedaços espalhados pelo chão, completamente em chamas.

Um dos braços de Niki foi arremessado com o impacto e caiu aos pés de Madhu, que segurou a mão de Niki pela última vez.

– NÃO! – Madhu acordou gritando e sentou-se num pulo. Estava toda suada e tremendo. Definitivamente aquele era o pior pesadelo que havia tido nos últimos tempos.

Recordou-se de que Niki havia dito que os sonhos eram importantes para que pudesse se lembrar da verdade.

Com medo, Madhu começou a questionar o que significava aquele sonho. Ela não queria pensar naquilo, só queria esquecer aquele pesadelo.

Foi só então que viu um gato preto usando uma coleira vermelha, com um minúsculo sino pendurado no pescoço deitado na sua cama, próximo aos seus pés. O gato a olhava com cara de preguiça e a fulminava com os olhos por lhe ter acordado. O gato espreguiçou-se e voltou a dormir.

Madhu olhou pela janela, observou que os sóis já estavam começando a nascer no horizonte. Levantou-se, pois sabia que não conseguiria voltar a dormir depois daquele pesadelo horrível. Precisava de um banho. Tirou o pijama molhado de suor, tomou um banho rápido e colocou um vestido verde que adorava. Queria estar bonita para Niki.

Como estava morrendo de fome, desceu a escada e foi direto para cozinha.

Na mesa central da encantadora e charmosa cozinha rústica havia um grande copo de suco e um bilhete. Madhu pegou o leu:

Fiz vitamina para você. Beba tudo! Liv.

Madhu experimentou a vitamina e adorou o sabor. Virou o copo vertendo toda a vitamina de uma só vez.

– Você acordou cedo! Sonho ruim? – perguntou Liv, entrando pela porta dos fundos da cozinha que dava para a área externa num lindo pomar. Carregava um cesto cheio de shishades que aromatizou o local com um cheiro delicioso.

– Tem um gato preto dormindo na minha cama. – Madhu não queria comentar sobre o pesadelo. Só queria esquecer.

– É gata. O nome dela é Bastet. Até que enfim a danada resolveu voltar. Disseram-me que ela estava passando uma temporada com os Rishis, na cidade da Ala33 – disse Liv, colocando a cesta de shishades em cima da pia. – Colhi umas shishades para nós. Estão fresquinhas. Preciso ir, não posso perder outra aula de matemática substancial. – E saiu sem se despedir.

Liv definitivamente tinha um jeito peculiarmente *alien* de demonstrar que gosta de alguém.

– Boa aula e obrigada pela vitamina... e as frutas! – agradeceu Madhu. Mas Liv já havia saído.

Apesar de satisfeita com a vitamina, Madhu não resistiu e comeu algumas shishades. Quando voltasse à Terra, sentiria saudades daquela fruta. Sentiria saudades de tudo naquele lugar. Até de Liv.

Satisfeita com seu precioso café da manhã, Madhu entrou na sala para esperar Niki. Estava ansiosa para vê-lo novamente. Foi quando viu a tela que Liv havia pintado. Estava pronta, ainda no cavalete próximo a escada. Madhu tomou um susto ao ver a pintura, ficou sem ar. Estava sentindo raiva, muita raiva de Liv. *Como Liv consegue ser tão insensível? Como... como ela adivinhou?,* pensou.

Não queria mais olhar para aquilo. Subiu as escadas correndo e entrou no seu quarto batendo a porta com força, fazendo com que Bastet, a gata preta, a fuzilasse com o olhar por ter lhe acordado novamente.

A paisagem da pintura era um vale inóspito, semelhante ao do seu recente pesadelo, com plantas mortas e nuvens escuras que anunciavam uma possível terrível tempestade. No centro da pintura, estava uma garota de cabelo alaranjado ondulado e comprido, sentada no chão abraçando suas pernas dobradas com a testa apoiada nos joelhos. O vento forte jogava os cabelos alaranjados da garota para o lado. Ao fundo, bem longe, peças de um androide destruído, com pedaços do corpo espalhados por toda a parte. Um braço em chamas de um lado, tronco amassado do outro e a cabeça de ponta cabeça com fios em curto circuito saindo do pescoço. Era a cabeça de Niki, com olhar vazio. Estava morto.

Madhu enxugou as lágrimas, foi ao banheiro, lavou o rosto várias vezes para tentar esfriar a cabeça – não queria ficar com os olhos vermelhos, indicando que havia chorado. Respirou fundo. Sentia-se melhor. Pensou que definitivamente iria perguntar o significado daquele pesadelo para sua conselheira. Ouviu batidas na porta, sentindo seu coração disparar. Desceu as escadas como uma flecha.

Niki estava lindo. Parecia mais lindo cada vez que o via. Ele vestia uma calça caqui, sandálias de couro sintético e uma bata branca. Era inevitável não ficar feliz ao vê-lo. Toda a sua angústia se foi.

– Você fica ainda mais linda sem maquiagem. Está ainda mais bela que ontem – disse Niki, com seu profundo olhar apaixonado.

Madhu passou seus braços ao redor do pescoço de Niki e o beijou. Ela precisava daquele beijo.

– Madhu, minha eterna amada, hoje você é minha! Depois que você se encontrar com sua conselheira, vamos almoçar no seu local preferido – informou, se referindo à pirâmide de cristal onde tiveram o primeiro encontro. – E então vou levá-la para finalmente conhecer toda a Shambala e a minha casa, que também é sua. Fica em frente ao mar. Podemos andar de mãos dadas na praia no fim da tarde e admirar novamente o pôr dos sóis. O que acha?

– Não poderia ser mais perfeito. – Madhu faria de tudo para que seu pesadelo jamais se tornasse realidade. Ela não deixaria aquilo acontecer. Seria forte por Niki e mataria o Dragão com as próprias unhas se necessário.

Seguiram abraçados na *vinamaxi* até o Castelo de Diamante, que estava num suave e romântico tom de rosa. Desceram da *vinamaxi*, e Niki parou nos pés da escada, enquanto Madhu tirou os sapatos boneca preto e subiu dois degraus e o olhou.

– Não vai entrar comigo?

– Não posso. Mas estarei esperando você aqui, nesse mesmo local. E não se preocupe, espero por toda uma eternidade, se necessário. – Niki segurou a mão de Madhu e a puxou para seus braços, dando-lhe mais um beijo apaixonado.

Madhu subiu as escadarias com a cabeça nas nuvens. Nunca se sentiu tão feliz. Chegando à torre mais alta do castelo, a estreita e alta porta se abriu. Madhu entrou feliz e aceitou com alegria o abraço demorado de sua familiar conselheira – podia sentir o grande amor emanado do coração de Tarala. Ficou tão emocionada ao revê-la, que por um momento se esqueceu de Niki.

– Minha amada Madhu! – Tarala tinha uma voz doce, suave e angelical. Acariciava os cabelos de Madhu com grande carinho. – Vamos nos sentar – chamou, seguindo em direção às almofadas em frente da lareira. – Faça a pergunta que quiser. Sei que ainda existem muitas sem respostas – disse, sentando-se nas almofadas, ao lado de Madhu, que também já estava se acomodando.

– Quero saber tudo, a história completa. Por que o planeta Terra pode ser destruído, e qual a minha missão nessa história toda? O que devo fazer?

– É uma longa história. Tentarei resumi-la para você.

– Um Grande Ser, que para nós ainda é um grande mistério, é chamado de *Fonte Primordial da Criação*, mas abreviamos para *Fonte*. Seu nome verdadeiro só pode ser conhecido e pronunciado por um siriano muito querido nosso que a Fonte criou como seu filho. A Fonte é o maior cientista que temos conhecimento. Toda a vida é um experimento dela.

– Uma das primeiras consciências que a Fonte criou foi a de Lúcifer. É uma grande consciência. A criação de Lúcifer foi a única maneira que a Fonte encontrou para implantar o livre-arbítrio nos multiversos criados por ela. Se Lúcifer não existisse, até hoje toda a vida aconteceria única e exclusivamente de acordo com a vontade da Fonte. Mas, como uma grande cientista que é, queria experimentar todas as possíveis possibilidades da vida.

– Para que houvesse equilíbrio necessário para a manutenção da vida, a Fonte criou uma consciência oposta a Lúcifer, que chamamos de Miguel, mas seu real nome é Ashtar Sheran. Os dois irmãos, Miguel e Lúcifer, representam polaridades opostas. Miguel defende e protege a natureza da Fonte, ele é um grande guerreiro. E Lúcifer representa todas as possibilidades possíveis opostas à natureza da

Fonte. Sendo que uma das principais características da natureza da Fonte é o Amor, a Luz e a Verdade.

– Lúcifer era uma grande consciência, a maior depois da Fonte. Mas ele não estava satisfeito com isso – queria ser tão grandioso e poderoso quanto a Fonte. Mas, para conseguir a possibilidade de se tornar grandioso como a Fonte, Lúcifer teria de sair da realidade criada pela Fonte e criar a própria realidade, ou seja, se separar totalmente da Fonte. Lúcifer convenceu e conquistou diversos seguidores, realizou vários experimentos bizarros, destruindo estrelas e planetas, até que conseguiu uma maneira de criar uma realidade separada da Fonte.

– Usando o conhecimento de geometria que foi desenvolvida pela Fonte, Lúcifer criou uma mer-ka-ba sintética, que é uma nave extradimensional que o levou para fora da realidade da Fonte. Fora do espaço, ele separou uma alma em duas partes, e a partir desses dois pontos começou a criar uma realidade que parecia ser tão real quanto a da Fonte, porém se tratava de uma Realidade Virtual. Apesar de parecer real, era ilusória. A diferença da Realidade Real da Fonte para a Realidade Virtual de Lúcifer era que, na Realidade Real da Fonte, havia um único centro e na Realidade Virtual de Lúcifer, a alma estava dividida em duas partes, bem e mal, havia dois pontos e não um só.

Tarala deu uma breve pausa, antes de continuar a explicação. – Veja bem, quando a Fonte criou Lúcifer, sabia que Lúcifer faria o que fez. Portanto, sempre acreditamos que devia haver uma razão para tudo isso. E finalmente a razão pela qual a Fonte criou Lúcifer está finalmente surgindo no planeta Terra. No minúsculo planetinha azul, chamado Terra, parece haver a possibilidade do início de uma Terceira Realidade, que seria a integração da Realidade Real da Fonte com a Realidade Virtual de Lúcifer.

– No início de toda essa história, nós escolhemos seguir Lúcifer. Assim, estamos na Realidade Virtual de Lúcifer, mas temos guardada no coração a natureza da Fonte que nos criou. Nós, da Realidade Virtual de Lúcifer, concentramos nosso poder na tecnologia. Os seres da Realidade Real da Fonte, liderados por Miguel, possuem poderes reais e naturais, não precisam e não possuem tecnologias. Alguns de nós, da Realidade Virtual de Lúcifer, nos arrependemos de nossa escolha e nos aliamos ao exército de Miguel. Shandi33 e toda a Confederação Intergaláctica Estelar faz parte do exército de Miguel presente na Realidade Virtual.

– Essa grande guerra entre Lúcifer e Miguel pode estar chegando ao fim com a criação de uma Terceira Realidade. Tudo depende do que acontecerá no planeta Terra. Depende de você. Depende de nós!

Madhu se mantinha concentrada e muito interessada na história.

– Para criar a Terceira Realidade, elaboramos o que chamamos de *Experimento Siriano* – disse Tarala. – Nesse experimento, primeiro começamos a criar humanos terráqueos com parte do cérebro primitivo reptiliano puramente criados na Realidade Virtual de Lúcifer e outra parte contendo um fragmento de DNA de humanos criados pela equipe de Miguel, que possuem ligação com a Fonte. Ou seja, os terráqueos possuem um corpo que integra Lúcifer e Fonte. Depois, começamos a criar pirâmides em vórtices, que funcionam como *chakras,* no planeta Terra, para tecermos uma teia etérica ao redor do planeta, como uma rede de proteção e elevão vibracional planetária. Essa rede começou a conectar a Realidade Virtual de Lúcifer com o coração da Realidade Real da Fonte.

– A integração das Realidades Real e Virtual estava começando a dar certo na Lemúria havia vinte mil anos. E a Terceira Realidade teria sido concluída em todos os multiversos próximo ao ano terráqueo de 1700 d.C. Mas, alguns reptilianos, fiéis seguidores de Lúcifer, criaram uma arma, uma pirâmide no planeta Terra, no local onde hoje é conhecido por Triângulo das Bermudas, com o propósito de destruir a rede de integração que montamos. Não conseguiram a destruição completa da rede, mas a mesma ficou gravemente afetada, levando todo o planeta e suas vidas a uma era de escuridão, governada por reptilianos, que se sacrificam nascer em corpos humanos só para manter o controle do poder sobre a vida na Terra e impedir nossa intenção de integração com a Fonte.

– A baixa vibração do planeta Terra, gerada pelo golpe reptiliano, está atraindo a destruição da

Terra pelo *karma* coletivo. E a destruição do planeta Terra está muito próxima. Está prevista para 5 de novembro de 2019 do tempo cronológico do planeta Terra.

– Nós, extraterrestres, não podemos interferir fisicamente. Nossa interferência alteraria o DNA humano para sempre, e as instruções humanas originais criadas seriam perdidas.

– Foi então que criamos o *Experimento Emergencial*. É aqui que você entra na história, sendo nossa última esperança de consertar a rede de integração planetária com a Fonte. Carregando o DNA humano original terrestre, você terá de mergulhar no fundo do Lago Titicaca no Peru. Lá no fundo, haverá um templo em ruínas, que foi destruído pelos reptilianos. Lá estará a abertura do portal para despertar a *Kundalini* do planeta Terra. Quando você libertar a *Kundalini* da Terra, com a nossa ajuda, haverá a fusão do seu DNA de alta vibração humana – que só uma alma siriana poderia ter – com o DNA do planeta Terra. Essa fusão fará surgir na Terra uma alta vibração de integração, restaurando a rede de conexão com o coração da Fonte. Seu coração siriano será a ponte dessa união.

– Por isso que sua missão é considerada um sacrifício. Você não irá sobreviver fisicamente a ela – Tarala finalizou a explicação com dor no olhar.

Madhu estava em choque. *Não sobreviver à missão*. Não estava preparada para ouvir aquilo. Sentiu o estômago embrulhar.

– É claro que você não está preparada – disse Tarala, como se estivesse ouvido os pensamentos de Madhu. – É por isso que está passando por uma iniciação. Tem de se fortalecer, superar as paixões e saber distinguir realidade de ilusão. Tem de perder todo o medo. E a única forma de superar todo o medo é enfrentando seu maior medo, de frente, superando-o. Aí então estará preparada.

Madhu pensou em Niki. Um de seus maiores medos era perder Niki.

– Niki... – Madhu não conseguia continuar a pergunta, que teria sido se Niki iria morrer.

– Você é o *Niki*. Tudo o que o Niki disse está dentro de você.

– Não entendi – disse Madhu, confusa.

– O androide Niki foi programado para captar a vibração dos desejos mais profundos de seu inconsciente, para assim poder agir e dizer tudo o que você desejasse que ele fizesse e dissesse. Ele lhe deu o que você recusa a dar a si mesma por não se achar merecedora ou capaz. Ele lhe deu o que existe em você. Por isso, se apaixonou por ele. E toda a paixão é uma ilusão. Ilusão é a causa de todos os sofrimentos existentes. Você não precisa de ninguém para ser feliz. Niki foi a prova disso. Tudo de que precisa para ser feliz e completa está em você. O Niki mora dentro de você. Ele é o seu amor-próprio adormecido, visto por um espelho.

– O que está tentando me dizer? – questionou com raiva. As lágrimas começavam a brotar em seus olhos, sentindo como uma facada no peito. – Eu e Niki, nós... Não pode ser verdade! Por que está mentindo? – perguntou, indignada.

– Androides não têm alma, minha querida. São incapazes de amar. Só agora começamos a desenvolver a tecnologia para implantar almas em androides. Mas ainda nem entrou na fase de testes.

– Ele me disse que tem alma... que... – o choro sufocado não a deixava falar.

– Tudo o que ele disse era o que você desejava ouvir, e também algumas de suas experiências esquecidas arquivadas no seu subconsciente. Nesse exato momento, enquanto conversávamos, o androide Niki foi levado à Ala13, para uma reprogramação robótica, onde será reprogramado para trabalhar como jardineiro na Ala33.

– Por quê? Como pode fazer isso comigo? Eu confiei em vocês! Vocês me enganaram! – disse, magoada.

– Não existia outra maneira. Não basta ensinar somente na teoria para que a lição realmente seja aprendida, a experiência é fundamental. O sofrimento faz parte do crescimento. Precisamos experimentar a ilusão para podermos distingui-la da verdade. O escuro existe para que possamos entender o que é a luz.

– Não pode ser verdade, não pode! Era tão real, é tão real. Eu amo o Niki e ele me ama! – disse expressando sua raiva, com indignação na voz cansada.

Madhu simplesmente não ouviu o que a conselheira disse em seguida. Correu para fora do Castelo de Diamante. Precisava ver Niki, tinha de falar com ele e esclarecer toda essa história absurda. Nem percebeu que o castelo agora estava cinza, como uma nuvem grossa de tempestade.

Do último degrau da escada externa do castelo, Madhu olhou para todos os lados. Gritou o nome de Niki várias vezes. Ele não estava mais lá. Niki estava aos pedaços, em algum lugar.

Correu pelo bosque, precisava encontrá-lo. Correu na direção de seu lugar preferido, a pirâmide de cristal, onde Niki a levou no dia em que se conheceram. Haviam combinado de almoçar na pirâmide de cristal depois que ela conversasse com Tarala.

Olhou para todos os lados, exasperada, procurando pela pirâmide de cristal. Mas a pirâmide não estava lá. Era como se ela nunca tivesse existido. Era como se Niki nunca tivesse existido. Mas a dor existia, era real.

Caiu de joelhos no chão onde deveria estar a pirâmide de cristal. Sentia-se sem forças de tanta dor.

– Era vidro e se quebrou... – cantarolou, se lembrando da cantiga *Ciranda, Cirandinha* que sua mãe lhe cantara tantas vezes quando era criança. – Diga adeus e vá se embora – continuou, chorando.

Deitou-se no chão. No começo as lágrimas saíam; depois de algumas horas, as lágrimas secaram, sobrando apenas um vazio na alma, um buraco no peito.

Exausta, Madhu caiu no sono, ali mesmo, onde deveria estar sua pirâmide de cristal. Seu lugar preferido, seu Niki.

Capítulo 5

– Saiam de dentro de mim! – Madhu gritou, aflita.

Sentia as pequenas cobras, várias delas, dentro de seu corpo, como vermes parasitas que se alimentavam de sua vitalidade e força. Algumas se rastejavam no interior de seu tecido subcutâneo, sendo possível visualizar a protuberância na pele de seus braços e pernas.

No desespero, Madhu rasgou a pele com as próprias unhas e espremeu-a arrancando cobras como se fossem espinhas compridas, gosmentas e vivas. Conseguiu tirar várias de dentro de seu corpo. Em seguida, começou a vomitar mais cobras. Colocou para fora várias vezes até sentir que todas haviam saído de dentro dela. Elas caíam no chão e se afastavam.

Quando pensou estar livre de todas, uma gigante serpente naja surgiu à sua frente. A intimidadora naja, com seus olhos vermelhos e sua boca aberta, afrontava Madhu, mostrando suas enormes garras venenosas, ameaçando matá-la num golpe fatal.

– Estou cansada de fugir, cansada de sentir medo. Não tenho medo de você! – disse Madhu,

semicerrando os olhos, sem recuar nem um milímetro da gigante naja.

A grande serpente aproximou-se lentamente de Madhu. Sua língua trêmula roçava a ponta no nariz de Madhu de tão próximas que estavam. E Madhu não recuou.

Madhu olhava fixa e profundamente nos intimidadores olhos da naja, mostrando, através do olhar, toda a sua força interior. A naja lentamente se afastou um pouco, fez uma reverência com a cabeça à coragem de Madhu e disse:

– Finalmente descobriu seu poder, minha filha. Seu poder vem de mim. Você tem o meu DNA! Use-o com sabedoria.

A gigante naja deu as costas e partiu.

Madhu acordou ouvindo barulho de asas de beija-flor batendo logo acima de sua cabeça e sentindo o vento de suas asas açoitando seu rosto.

Lentamente abriu os olhos. Não era um beija-flor, era uma pequena... fada! De longos cabelos castanhos, vestindo um curto e gracioso vestido lilás, tinha delicadas asinhas coloridas como arco-íris. Madhu tentou tocá-la, mas a fadinha foi muito rápida, voou para longe e se escondeu nas folhagens amarelas de uma enorme árvore do bosque.

– Ah, que ótimo! Devo ter caído de boca aberta num cogumelo alucinógeno – disse Madhu a si mesma, ainda surpresa ao ver uma fada voando tão próxima de seu rosto.

Madhu sentia-se melhor. Sentou-se, esfregou os olhos, respirou fundo e observou que os sóis já estavam se pondo. Ficou ali sentada, pensando em tudo o que lhe aconteceu, em tudo o que sua conselheira lhe disse. Era tanta coisa, em tão pouco tempo... Estava exausta, mas se sentia melhor.

Seguiu em direção ao Castelo de Diamante, que dessa vez estava num belo tom azul-celeste. Sentia-se magoada por ter sido enganada de forma tão cruel. Parou bem em frente ao castelo. Pensou em entrar, mas estava emocionalmente cansada demais para conflitos e conversas sérias. Aquele não era o momento certo.

Madhu ouviu o sutil barulho de uma *vinamaxi* pousando. Virou para trás. Era Nero.

– Creio que precise de uma carona – disse Nero, olhando para Madhu.

– Como adivinhou?

– Tarala Shanata solicitou meu serviço para levá-la para casa.

Madhu foi até a *vinamaxi*, subiu no veículo e partiram. Durante o trajeto, ela perguntou:

– Como é que Tarala se comunicou com você para avisá-lo onde eu estava? – Madhu ficou curiosa para saber que tipo de tecnologia de comunicação a distância era utilizada em Shandi33.

– Telepaticamente. Nossas mentes são sincronizadas para trabalhar em equipe.

Prosseguiram a viagem em silêncio.

Ao entrar na sua casa, Madhu ouviu vozes na cozinha, em um idioma musical que ela não conhecia, acreditava ser sânscrito. Reconheceu a voz de Liv, ela estava com visitas. As garotas davam risadas, estavam se divertindo.

Madhu subiu discretamente a escada para seu quarto, não queria ser vista. Não estava no clima de fazer uma social para extraterrestres matracas.

Bastet saiu da cozinha e seguiu Madhu até seu quarto.

Madhu sentou-se em sua cama, ainda com a cabeça cansada. Bastet pulou em seu colo. Ela ficou acariciando a gata e ouviu quando as meninas pareciam estar se despedindo, parecia que todas estavam indo embora. Silêncio.

– Ela gosta de você – disse Liv, entrando de repente no quarto de Madhu, olhando para Bastet.

– O quê? – Madhu sobressaltou-se com o surgimento repentino de Liv.

– Bastet, ela gosta de você. É muito difícil ela gostar de alguém. É a gata mais mal-humorada de toda a Shandi33 – disse Liv, se sentando ao lado de Madhu. – Lamento muito pelo ocorrido com o Niki.

– Como sabe? Quero dizer, você sabia mesmo antes de mim, não é mesmo? Até pintou um quadro sobre minha estupidez mordaz – disse Madhu, irritada.

– Eu não sabia de nada. Eu juro, Madhu! Fiquei sabendo agora, que minhas amigas me contaram. É a fofoca do dia.

– Eu não sabia que Niki estava programado para dizer tudo o que você esperava que ele dissesse.

Nem sabia que esse tipo de programação fosse possível. Não sabia que Niki não seria mais professor.

– E eu sou uma artista, Madhu. Artistas se inspiram em alguma coisa para criar uma obra. A criação não nasce do nada, ela nasce de algum lugar. A minha última inspiração veio de você, do contato entre seu inconsciente e minha intuição, sei lá! Todo artista é um vidente, médium, sensitivo, terapeuta, maluco... Quando eu terminei a tela, sabia que queria dizer alguma coisa, mas não sabia que a resposta era tão óbvia.

– Eu não sabia que você estava apaixonada por Niki. Pensei que só estivesse a fim de experimentar uma coisa diferente, tipo, uns amassos com uma máquina cheia de charme. Algo assim.

– Tarala disse que tenho de superar, entender que criei uma ilusão e seguir em frente. Mas parte de mim ainda tem dúvidas... Não consigo... E se Niki realmente existir, for real, e estão inventando essa história para me afastar dele para que eu possa me concentrar na missão suicida? E se ele estiver preso em algum lugar precisando da minha ajuda? Parte de mim ainda está com raiva e magoada por ter sido enganada dessa forma. Outra parte não acredita que eu tenha vivido uma ilusão – disse Madhu, enquanto lágrimas começavam a escorrer em seu rosto, umedecendo suas sardas.

– Ela disse que o Niki está dentro de mim. Mas eu tento olhar dentro de mim e não o encontro. Eu queria ter alguém para me amar e cuidar de mim.

Queria ser mimada. Eu confiei em vocês, me entreguei. Odeio sentir pena de mim mesma!

– Primeiro você tem de aprender a se amar e cuidar de você...

– Liv, agora eu não quero uma conselheira, só preciso de uma amiga – disse, interrompendo o que Liv ia dizer.

– E como amiga, eu vou ajudá-la. Vê se dorme. Amanhã terá um dia cheio. – Liv saiu do quarto e sumiu... Puff!

Madhu seguiu o conselho de sua amiga alienígena e dormiu, ignorando sua fome.

No dia seguinte, Madhu acordou, fez seu café da manhã e subiu para tomar um banho. Estava na banheira, relaxando com olhos fechados. Levou um susto quando Liv entrou de repente no banheiro.

– Troca-se rápido! Behosa já está esperando lá fora – mandou Liv. E sumiu... Puff!

Nem deu tempo de Madhu dar-lhe uma lição de moral por ter entrado no banheiro sem bater. Madhu se trocou e desceu a escada curiosa para saber o que Behosa queria dela. Desde o dia em que chegara a Shambala, não o havia mais visto.

Behosa estava em pé na sala, esperando por Madhu. Liv não estava em parte alguma.

– Behosa! – exclamou Madhu.

– A sua amiga insistente e inconveniente me fez prometer que levaria você hoje para ver Niki – disse Behosa, de forma impessoal.

Nasceu uma ponta de esperança no coração quebrado de Madhu.

– Você vai me levar para ver o Niki? – estava animada. Apesar de tentar se esforçar em não criar falsas expectativas – por menor que fosse a chance de Niki ser o *seu* Niki –, mesmo assim se alegrou. E independentemente do que encontrasse, ela preferia a cruel verdade ao invés da eterna dúvida. – E cadê a Liv? – ela queria que a amiga alienígena maluca fosse com ela.

– Foi para a escola. Tenho de colocar infropectos em você antes de sairmos. – Behosa fixou os infropectos na testa e no antebraço de Madhu, e partiram de *vinamaxi*.

Voaram até um beco sem saída. Behosa deixou a *vinamaxi* na calçada, e os dois entraram na última loja, que parecia vender aparelhos totalmente desconhecidos para Madhu. Os dois atravessaram toda a loja. No fundo, Behosa abriu uma porta, e ambos entraram num grande hangar sem teto.Vários tipos de excêntricas naves estavam lá estacionadas. Bem no alto, acima de suas cabeças, se via apenas uma grande escuridão.

Behosa subiu a escada que dava acesso à abertura de uma grande nave estrelada azul translúcida. Madhu seguiu Behosa com agilidade, estava ansiosa para ver Niki.

A nave começou a subir lentamente até atingir uma enigmática escuridão. Depois de poucos segundos, tudo ficou claro novamente, mas a paisagem parecia borrada. Quando a paisagem ficou nítida, a aeronave estrelada pousou e uma das pontas da estrela tetraédrica da aeronave se abriu.

– Estamos na Cidade Robótica da Ala13 – explicou Behosa. – Aqui drones, androides e diversas outras máquinas são criadas, programadas, armazenadas ou passam por manutenção.

O lugar não se parecia nem um pouco com uma cidade. O teto irradiava uma intensa luz branca e estava a uma distância aproximada de quinhentos metros do chão, que também reluzia. Parecia que tudo naquele lugar era impecavelmente branco ou transparente. As grossas paredes pareciam ser de vidro. O lugar era imenso.

Havia muitos insetos zepto-biológicos de diversas formas andando sobre o chão, desde bem pequenos como formigas, até grandes como aranha-caranguejeira. Havia robôs de todo tipo e tamanho.

Diversos drones voavam no vasto espaço carregando insólitas peças alienígenas. Alguns drones e grandes robôs pareciam curiosos e confusos com a presença de Madhu e paravam para observá-la.

Madhu contemplou pequeninos drones graciosamente voando em bando, que pareciam trabalhar juntos, em equipe. Enquanto os contemplava, Madhu viu uma fada, que voou rapidamente diante seus olhos. Era semelhante a que viu no bosque.

– Fada!? – então ela não havia alucinado sobre a fada e esperava a confirmação de Behosa.

– É um drone, não é fada de verdade. Foram criadas por uma cientista sacerdotisa de Avalon. Essas fadas são nossas terapeutas. São miniaturas semelhantes às fadas reais do mundo de Avalon.

– Então, fadas existem? – foi uma pergunta retórica. Por isso, Behosa não se deu ao trabalho de responder.

– Os androides não ficam muito longe, mas temos de pegar carona – disse Behosa, que sentou em um robô que parecia um banco rolante com duas alças, uma de cada lado do bando, supostamente feitas para se segurar com as mãos. – Suba naquele outro. – Apontou para outro robô semelhante, não muito distante.

Assim que Madhu se sentou, o robô começou a andar, atingindo uma velocidade de uns 40 km/h. Madhu segurou com tanta força nas alças de apoio que suas mãos começaram a doer. Passaram por vários corredores, onde se via alguns poucos humanos (ou seriam androides?) no meio de um mar de robôs e drones.

Depois de um longo trajeto, desceram do robô banco rolante e entraram numa imensa sala de vidro. O fundo da sala era como um largo corredor, com duas filas intermináveis de androides de todo tipo, femininos e masculinos, todos nus, em pé, com a cabeça baixa e olhos fechados. Ao lado esquerdo da sala, estava Niki em pé, imóvel, vestindo um macacão branco justo no corpo, semelhante à roupa de mergulhador, e uma bota vermelha, que mais parecia uma meia de plástico com solas.

Niki permaneceu onde estava sem se mexer e olhava para Behosa. Parecia estar esperando receber alguma ordem antes de se mover.

– Niki, Madhu queria lhe fazer uma visita. Vou deixá-los a sós. Não estarei longe. Preciso resolver um assunto na sala dos lasers e já volto – disse Behosa.

Madhu começou a andar na direção de Niki com o coração disparado. E Niki, por sua fez, também seguiu em direção de Madhu. Quando estavam próximos, Madhu estava nervosa com as mãos úmidas de suor. Niki lhe deu um sorriso, mas parecia indiferente. Não tinha mais um olhar profundo e apaixonado, não olhava mais para ela com admiração. Aquele não era o Niki por quem se apaixonou. Era só o Niki, um androide sem alma.

– Você me enganou – disse Madhu, com mágoa nos olhos. – Tem consciência do que fez?

– Eu não tenho consciência nem vontade própria, nem poderia. Fui programado para executar um trabalho.

– Parabéns! Executou o trabalho muito bem! – disse Madhu, com sarcasmo.

Era difícil para ela olhar nos olhos de Niki. Ainda se sentia atraída por ele. Ao mesmo tempo, sentia raiva.

– Agradeça ao Boston, foi ele quem me programou. É o melhor programador que temos em Shandi33 – respondeu Niki, dando a entender que não havia entendido o tom sarcástico de Madhu.

– Você se lembra do que você fez? Lembra-se de tudo o que fizemos juntos? – questionou Madhu, se esforçando para não chorar.

– Minha memória foi preservada. Quanto mais dados na memória, melhor meu desempenho como androide.

– E você não sente... nada? – perguntou, com lágrimas presas na garganta.

– Não. Nunca tive sentimentos, nem emoções. Posso imitá-los com grande perfeição, mas não posso senti-los.

– Você... você... não passa de um robô psicopata demoníaco – disse Madhu, com muita raiva e mágoa. E, com toda sua força, deu uma bofetada no rosto de Niki, sentindo sua mão queimar de dor.

Niki não reagiu à bofetada. Descontrolada, Madhu começou a dar socos no peito de Niki. No fundo, ela desejava que ele reagisse, que demonstrasse alguma emoção. Mas Niki não se defendia, nem se movia. Era só um androide sem alma.

E então Madhu começou a sentir vertigem e percebeu que estava esmaecendo.

Capítulo 6

Catatônica e definhada, Madhu não entendia como foi parar naquela cela acolchoada branca de hospício. Amarrada, imobilizada na camisa de força para loucos. A camisa apertava, inquietando o desejo de liberdade de Madhu.

Sua única e restrita liberdade estava no poder de um grito rebelde e desesperador. Vociferar era tudo o que podia, e assim o fez.

A porta da cela abriu-se, um enfermeiro grande e forte entrou. Em sua mão, uma grande seringa com uma grossa agulha.

Não tinha para onde fugir, não tinha como se defender. Novamente iriam lhe dar o mesmo sedativo. O sedativo que formigava os dedos e depois as mãos que nada podiam alcançar. E então formigava a consciência que nada conhecia de sua própria vida.

Foi difícil abrir os olhos. Madhu sentia-se sonolenta e atônita ao notar que estava deitada no sofá de sua casa em Shambala. Liv e Behosa conversavam em sânscrito no outro sofá ao lado.

– Até que enfim! A bela adormecida rebelde acordou – disse Liv, se referindo a Madhu.

– O que aconteceu? – perguntou Madhu, confusa. Ela se lembrava de estar batendo no Niki, não entendia como havia chegado até sua casa.

– Você se tornou um perigo iminente para Shandi33. Então, os infropectos injetaram em você uma substância sedativa que a apagou antes que saísse quebrando tudo – disse Liv, animada. Parecia estar se divertindo com a situação.

– Os infropectos são programados para sedar o paciente caso este apresente um comportamento agressivo. – Parecia que Behosa tentava amenizar a versão dramática de Liv. – Bom, vejo que já está bem, Madhu. Preciso ir. Namastê! – se despediu, levantou-se do sofá e foi embora.

Ainda um pouco atordoada, com dificuldade, Madhu sentou-se no sofá.

– Não acredito que você espancou um androide! – disse Liv, com brilho de admiração nos olhos e um largo sorriso. – Você é a amiga mais emocionante que já tive. Não vejo a hora de contar para minhas amigas. – Liv, definitivamente, estava se divertindo com o drama de Madhu.

– Obrigada, Liv! – Madhu sentia gratidão pela amiga alienígena ter armado um encontro decisivo com Niki. – Eu me sinto melhor depois de espancar aquele robô psicopata. Não tenho mais dúvidas. Niki já era! – exclamou Madhu, decidida.

– E agora fique longe de androides! Comecei a pintar uma nova tela. Adivinhe quem é a minha inspiradora?

– Falando na sua inspiradora... Ela quer de presente o quadro que você pintou inspirada na tragédia dela – pediu Madhu.

– É todo seu!

Madhu subiu para seu quarto carregando o quadro. Colocou-o em frente da cama, apoiado na parede. A obra de Liv seria usada para Madhu se lembrar de nunca mais cair na armadilha da paixão. Não queria mais depender de ninguém para ser feliz. Iria se esforçar para buscar o amor-próprio e a verdadeira felicidade dentro dela.

Deitou-se em sua cama para descansar um pouco. Cochilou e acordou sentindo Bastet ronronando encostada em sua perna.

Madhu sentia-se pronta para visitar sua conselheira.

Comeu algumas frutas e seguiu à procura de Liv. Precisava descobrir como chegar ao Castelo de Diamante sozinha. Talvez a amiga pudesse lhe explicar como ir até o castelo. Encontrou Liv no pomar, cantando um belo mantra para as árvores.

– Liv, como faço para chegar até o Castelo de Diamante?

– Se decidiu ir para lá, Nero já deve estar esperando você aqui em frente de casa.

Sem questionar, Madhu deu a volta por fora da casa, um pouco descrente de Liv. Mas lá estava Nero, montado na *vinamaxi*, à espera de Madhu. Ela subiu na *vinamaxi,* e partiram para o Castelo de Diamante.

– Como é que você sabia que eu queria ir até o castelo? – Madhu perguntou a Nero, preocupando-se em imaginar que alguém pudesse estar lendo seus pensamentos mais íntimos, como fez Niki.

– Pertenço à Tarala Shanata, fui programado para captar vibração de quando você desejar vê-la e levá-la até ela.

– Ah, claro! O lance da telepatia não-sei-das--quantas que invade a privacidade psíquica dos outros.

Dessa vez, o Castelo de Diamante estava translúcido e brilhante. A recepção de Tarala, como sempre, foi emocionante e acolhedora. Era como voltar ao lar, um local pacífico e seguro. A lareira da sala estava acesa, com suas chamas azuis-celestes liberando um delicioso aroma cítrico.

As duas se sentaram em confortáveis almofadas à beira da piscina repleta de belas flores de lótus.

– Queria pedir desculpas pela reação que tive quando fiquei sabendo que havia sido enganada – disse Madhu, envergonhada.

– Não precisa se desculpar, minha querida. Você teve a reação que nós esperávamos. Você se livrou de algumas sombras e agora está com a mente mais limpa e aberta.

– Mas ainda não me sinto pronta para cumprir a missão. – Madhu não sabia se teria coragem de cometer um suicídio para salvar o mundo.

– E não está. Ainda falta a prova mais difícil. Só então sua iniciação terá sido concluída. Se tornará uma mestra destemida e saberá o que fazer.

Mais difícil que uma desilusão amorosa?, pensou Madhu. Não queria nem imaginar que prova seria esta. – Quando esta *prova* vai acontecer?

– Agora só depende de você se lembrar dos últimos acontecimentos na Terra antes de ser resgatada. E saber lidar com a situação, superando-a. Essa é a chave da sua maestria.

– Como faço para me lembrar?

– Em breve, a verdade lhe será revelada. No momento certo, da forma certa.

– Tive um sonho que me chamou a atenção – disse Madhu. – Sonhei que uma gigante serpente naja me dizia que eu tenho o DNA de serpente. O que isso quer dizer?

– A sua origem é bastante peculiar. E seu DNA da sua alma é raríssimo. Muito precioso.

Tarala se ajeitou nas almofadas para continuar explicando.

– Nosso espírito é eterno, imortal, sendo ele parte da Fonte. E um dia nosso espírito retornará à Fonte. Já nossa alma, que é nossa singularidade como indivíduos, ela teve um início e um dia terá um fim. A sua alma surgiu do cruzamento entre a alma de uma siriana humana com a alma de um humanoide serpente. Os sirianos representam a Fonte, pois, apesar de estarem dentro da Realidade Virtual de Lúcifer, eles se arrependeram dessa escolha e lutam ao lado de Miguel. Os reptilianos, em sua maioria, representam Lúcifer e lhe servem com obediência.

– Você teve muitas experiências encarnadas em corpos físicos de diferentes origens e em vários mundos. Em metade dessas experiências, sua alma nasceu em corpos reptilianos, na outra metade, em corpos humanos. Você já serviu a Lúcifer e agora serve à Fonte. Sua alma e suas experiências têm a mistura equilibrada entre Fonte e Lúcifer. Precisamos dessa informação, das experiências de sua alma. Seu DNA possui a chave para integrar a Realidade Virtual de Lúcifer com a Realidade Real da Fonte, criando, assim, a Terceira Realidade, que dará fim à guerra.

– As informações do DNA de sua alma também ficam armazenadas no seu corpo físico. Se unirmos seu peculiar DNA com o do planeta Terra, fará com que este mude sua vibração, pois estará recebendo as informações de sua alma como se fossem experiências dela, gerando, assim, uma vibração capaz de criar a Terceira Realidade na Terra. Por isso, repito, seu coração é a chave para a criação da Terceira Realidade.

– E se eu falhar? Se não conseguir cumprir a missão? – quis saber, preocupada.

– Sempre estivemos buscando uma alternativa. Agora, nossa preocupação é com o tempo. Quando voltar para a Terra, voltará no mesmo ponto do tempo que partiu, em setembro de 2019. A destruição da Terra está prevista para novembro. Você terá menos de dois meses para cumprir a missão antes do fim da vida na Terra.

– Se o tempo nos multiversos está parado para nós, por que vocês estão com pressa para me preparar para a missão? Temos todo o tempo, certo?

– Está certa, só existe tempo no espaço. Onde estamos não existe espaço, por isso não existe tempo. Porém, existem naves reptilianas que, assim como Shandi33, também possuem tempo-espaço interno próprio, dentro do vazio. Essas naves reptilianas enviaram bilhões de sondas para rastrear o tempo-espaço de Shandi33 nesse vazio entre universos paralelos. A intenção dos reptilianos, ao nos encontrar, é teletransportar sondas dentro de Shandi33 e iniciar uma guerra aqui no espaço da nossa nave. Não sabemos ainda por quanto tempo poderemos nos manter camuflados. Nossos escudos para impedir teletransportes não funcionam no vazio. Os reptilianos possuem alta tecnologia, não podemos subestimá-los. Se eles nos encontrarem, tudo estará perdido.

– Eu farei o que estiver ao meu alcance para ajudar. Darei toda a minha força, a minha vida por essa missão de todo o coração. – Madhu reconhecia a importância e a grandeza da sua missão. Não conseguia imaginar que um dia havia lutado, servindo a Lúcifer. Seu coração vibrava intensamente de amor à Fonte. Daria tudo pela Fonte para recompensar sua traição, vomitaria todas as cobras, rasgaria seu corpo e espremeria os vermes para fora, enfrentaria seus maiores medos olhando profundamente, sem hesitar, nos olhos vermelhos de Lúcifer.

– O fim da guerra será o fim do controle reptiliano no planeta Terra. Aqueles corações que não forem compatíveis com a vibração elevada do planeta Terra da Terceira Realidade serão levados para outros planetas primitivos de domínio reptiliano. Os bem-aventurados terráqueos de boa vontade estarão livres para criar uma nova realidade e libertos do domínio reptiliano luciferiano, que atualmente tem o controle da sociedade, do dinheiro, ou seja, possui o controle de todos os sistemas humanos terráqueos.

– A Terceira Realidade se iniciará no planeta Terra e, se tudo der certo, se expandirá por todo o Universo e, como um efeito dominó, outros universos serão transformados e assim por diante. Você é uma semente de esperança que iremos plantar na Terra.

– E Lúcifer? E a Realidade Virtual criada por Lúcifer? O que vai acontecer?

– Não sabemos quais os planos de Lúcifer. Só sabemos que ele fará de tudo para que a Terceira Realidade nunca se concretize. Isso seria o fim de seu reinado.

– Ele sabe de mim? Lúcifer conhece os planos da Confederação?

– Mantemos segredo absoluto. Apenas os cientistas e conselheiros da Shandi33 e a nave de Ashtar Sheran no plano espiritual conhecem nossos planos. Mais ninguém. Lúcifer sabe que estamos no vazio, ganhando tempo, armando uma estratégia para a criação da Terceira Realidade, mas não sabe o quê.

– Quando você tiver de voltar para realizar sua missão na Terra, não irá sozinha. Dois dos nossos melhores guerreiros da Ala9 de Segurança Intergaláctica irão com você para protegê-la e te ajudá-la a chegar até o templo perdido no fundo do Lago Titicaca. E nós, da Shandi33, também estaremos acompanhando cada passo seu.

Madhu sentiu necessidade de meditar para manter a mente calma e focada para a próxima prova. Lembrou-se do seu lugar preferido que havia misteriosamente desaparecido. A pirâmide de cristal.

– Havia uma pirâmide de cristal no bosque aqui próximo. Mas ela sumiu. Não sobrou nem o lago para contar história – queixou-se.

– A pirâmide de cristal é uma pirâmide que flutua a poucos milímetros do solo. Serve para reparar pontos eletromagnéticos alterados na nave. Onde houver um ponto de alteração magnética, a pirâmide de cristal vai até esse ponto e ali fica parada até o eletromagnetismo se estabilizar. Temos várias dessas pirâmides de cristais por toda a Shandi33. Só em Shambala, temos três.

– Como faço para encontrá-la?

– Peça a Nero. Ele pode levá-la até a pirâmide de cristal. Ele já a espera lá fora.

Madhu se despediu de sua conselheira. Ao sair do Castelo de Diamante, lá estava Nero, montado na *vinamaxi,* esperando por ela.

– Pode me levar à pirâmide de cristal? – Madhu pediu.

– Qual das três? – Nero perguntou.

– Sei lá, não são todas iguais?

– Não. Tem a do lago, a do fogo e a da terra.

– Bom, acho que é a do lago, então.

Seguiram viagem sobre o bosque. A pirâmide de cristal não estava muito longe do Castelo de Diamante. Nero deixou Madhu próximo à pirâmide de cristal. Ela desceu da *vinamaxi* e ficou feliz em ver que seu lugar preferido não havia desaparecido.

– Volto para buscá-la em uma hora. – Nero partiu, sem esperar resposta.

A pirâmide estava no bosque, onde as sombras dos grandes pinheiros cobriam-na quase que por completo. Somente seu topo estava sendo iluminado pela luz dos sóis.

Quando Madhu entrou na pirâmide, ficou extasiada. Com certeza, ali era seu lugar preferido. A pouca luz que batia no topo da pirâmide irradiava um lindo feixe de luz à ilha rochosa central do lago. As carpas biluminescentes se agitavam com a presença de Madhu, criando um efeito luminoso esplêndido.

Madhu foi pulando de pedra em pedra até alcançar a ilha rochosa. Sentou-se em posição de lótus, fechou os olhos, respirou fundo várias vezes e ali ficou. Sentindo as batidas de seu coração e se concentrando na sua respiração, percebeu todo o seu corpo formigar. Logo a sensação era de estar flutuando no vazio.

De repente, passou a não ter controle de sua visão interior... *Estava na estrada dirigindo seu carro, momentos antes de ser abduzida e ter um lapso de memória. Estava feliz, dando gargalhadas. Não estava sozinha. Não se lembrava de que tinha mais alguém no carro. Não conseguia ver quem era. Assustou-se quando viu um grande quati cruzando a estrada correndo. Foi tudo muito rápido e confuso. Só não queria atropelar o quati. Virou a direção do carro com tudo...* Assustou-se com a visão e abriu os olhos subitamente, demorou um tempo para voltar a sentir seu corpo, lentamente começou a mexer as mãos depois os pés, voltando a ficar totalmente acordada.

Tinha alguém comigo no carro!, pensou, sobressaltada. *Quem era? Será que está bem?*.

Como era de costume, Madhu acreditava que havia ido sozinha ao haras. Há tempos que seu pai e sua irmã não lhe acompanhavam mais. Sua irmã Natasha, de 15 anos, estava numa típica fase adolescente que reclamava de tudo. O cavalo fedia, os mosquitos picavam, o vento embaraçava o cabelo. Até o ar livre a incomodava. Já seu pai César, vivia fechado no próprio mundo, trancado em seu ateliê o dia todo ouvindo músicas clássicas e pintando. Raramente saía da chácara onde moravam. Por isso, Madhu não entendia quem poderia estar no carro com ela. Talvez alguma amiga. Mas parecia improvável. Suas três únicas amigas estavam morando na cidade de São Paulo.

Depois de refletir sobre sua visão meditativa, resolveu ir embora para a provisória casa em

Shambala. Aprendera com ensinamentos em livros escritos por monges budistas que o silêncio da mente traz as respostas de que necessitamos, enquanto a preocupação de nada funciona. Por isso, decidiu não se preocupar.

Tranquila, desfrutando o belo momento de sua jornada, Madhu se retirou da pirâmide de cristal. Encontrou Nero lhe esperando em frente da pirâmide, montado na *vimanaxi*. Voltou de carona em silêncio.

Aparentemente, Liv não estava na casa. Bastet brincava com um tubo de tinta caído no chão da sala. Madhu comeu algumas frutas, tomou banho e foi dormir. A gata a seguiu até seu quarto e deitou-se aos pés de Madhu na cama. As duas pegaram no sono ao mesmo tempo.

Capítulo 7

Ao abrir os olhos, Madhu sobressaltou-se ao ver que estava em um quarto de hospital. Não conseguia se lembrar do motivo de estar internada. Reconhecia com facilidade um quarto hospitalar, pois acompanhou sua mãe internada durante meses intermináveis esperando sua morte.

Estava deitada em uma cama. Em seu braço, uma agulha cravada em sua veia, ligada ao que supostamente parecia um soro. Não se sentia doente nem machucada, apenas um pouco atordoada.

Apertou o botão de um controle pendurado próximo à cabeceira da cama para chamar a enfermeira, que logo apareceu.

– O que foi dessa vez? – a enfermeira rechonchuda não parecia muito contente. Usava o uniforme com desleixo, cabelo muito mal preso num coque.

– Não me lembro de como vim parar aqui. O que aconteceu?

– Arg, vai começar tudo de novo. Vou chamar o Dr. Fabiano – resmungou a enfermeira, que deu as costas sem se importar em responder a pergunta de Madhu.

Depois de um tempo, o suposto Dr. Fabiano entra no quarto.

– Olá, como se sente hoje, Madhu? – disse olhando em seu prontuário.

– Como vim parar aqui? O que aconteceu?

– Isso é um hospital psiquiátrico. Você teve grave surto esquizofrênico após o trauma sofrido num acidente. E, cada vez que se lembra do acidente, você volta a delirar que foi abduzida, começa a me chamar de Behosa... Enfim! Não sei se devo contar sobre o acidente, de novo, pela sexta vez.

Então era tudo alucinação!, pensou, chocada, frustrada. Mas não queria mais viver em mentiras, queria a verdade por pior que fosse. Preferia a verdade cruel ao invés da doce mentira de ser especial e poder salvar o mundo.

– Dessa vez é diferente. Estou mais forte. Seja o que for, estou preparada para a verdade. Diga, preciso saber.

O médico hesitou um pouco. Olhou bem nos olhos de Madhu. Resolveu contar.

– Você estava indo de carro com seu pai e sua irmã num passeio. Você estava dirigindo, sofreram um terrível acidente, o carro caiu despenhadeiro abaixo capotando várias vezes. Vocês morreram.

Era o que ela mais temia. Seu pai e sua irmã mortos.

– Você quer dizer que meu pai e minha irmã estão mortos?

– Sim. E você também! Você também não sobreviveu. Esse hospício fica no plano espiritual. Você está morta, Madhu!

– Madhu, acorda! Acorda, Madhu!

Madhu acordou com os olhos arregalados, assustada, com o pijama úmido de suor colado em seu corpo. Estava confusa. E emocionalmente abalada, sentindo a perda do pai e da irmã que doía o peito.

– Aff, garota! Você quase estourou meus tímpanos com seus gritos. Deve ter sido um pesadelo e tanto – reclamou Liv.

Madhu estava alterada. O sonho lhe pareceu muito real. – *Será que estou morta tendo alucinações em um hospício?*, pensou assustada. – Eu estou morta? Estou alucinando? – perguntou, desconcertada. Tudo o que queria era a verdade, por pior que ela fosse.

– *Cashambolas fu Zurion*! – exclamou Liv, numa usual exclamação de espanto usada no planeta Zurion de Órion. – O que você andou comendo, garota? Esqueci-me de avisá-la para manter distância das frutinhas azuis do nosso jardim.

– Eu preciso saber se eu estou mesmo viva. – Se Madhu tivesse a certeza de que apenas tivera um pesadelo com significado abstrato, saberia que havia grandes chances de seu pai e sua irmã ainda estarem tão vivos quanto ela.

– A verdade é tão relativa, não sei o que responder. Você possui certas semelhanças com um zumbi, como todo primitivo. Mas posso lhe garantir que morto não encharca a cama de suor – respondeu Liv, olhando para a mancha úmida na cama. – Você precisa de um banho para esfriar a cabeça. E nem pense em procurar a nova tela que pintei inspirada em você. Não quero que surte de vez. Ainda bem que escondi. Vou lá encher a banheira para você – disse e saiu.

Madhu permaneceu sentada. É claro que estava viva. Agora mais confiante que só havia tido um pesadelo estúpido. Fez um esforço para não se preocupar com uma mensagem subjetiva criada pelo seu inconsciente. E foi tomar seu banho.

Depois do banho, desceu as escadas. Liv não estava mais em parte alguma da casa. Foi até a cozinha.

Em cima da mesa central da cozinha havia um pote de fafilas. E um bilhete:

É para você!

É gostoso e não é alucinógeno.

Pode comer. Liv

Madhu estava com fome e sabia que as fafilas eram uma delícia. Já havia comido fafilas com Niki na pirâmide de cristal. Tamanha sua fome, comeu o pote todo.

De banho tomado, sem fome e mais tranquila, lembrou-se que Liv lhe disse que havia terminado a tela inspirada nela. Sentiu um arrepio de medo. Sabia, lá no fundo, que a obra de arte de Liv lhe revelaria a temida verdade oculta.

Decidiu procurar a tela. Não queria postergar o inevitável. Precisava saber a verdade. Estava decidida.

Era uma tela razoavelmente grande, não seria fácil escondê-la. Começou pela cozinha e seguiu para a sala. Definitivamente não estava na cozinha nem na sala. Examinou até o piso e o teto para se certificar de que não haveria um compartimento secreto camuflado.

Subiu as escadas e foi procurar no banheiro. Definitivamente não estava lá. Em seguida, revirou o quarto de Liv sem tentar fazer bagunça. Olhou até debaixo do colchão e atrás do espelho. Espiou tudo! Só faltava o seu quarto. Não custava checar. Começou olhando atrás do espelho, e nada. Olhou debaixo da cama... E lá estava a tela! Embrulhada num tecido colorido.

Madhu puxou a tela com as mãos trêmulas e colocou a mesma sobre a cama. Havia um bilhete de Liv preso no tecido que envolvia a tela.

Caso não se aguente de curiosidade, não diga que eu não avisei!

Com as mãos mais estremecidas do que nunca e o coração acelerado, Madhu desembrulhou a tela.

O cenário da pintura era um cemitério sombrio, sujo, escuro, com lápides quebradas.

Uma grande estátua de um anjo com a asa quebrada tinha uma expressão de dor, parecia chorar. Estava chovendo, céu escuro. E bem ao centro do cenário uma garota de longos cabelos alaranjados em pé, usando um longo vestido preto de gola alta e mangas compridas. Estava com a cabeça baixa, não dava para ver seu rosto. Segurava um buquê de rosas azuis-escuras com as duas mãos caídas entre suas pernas. Bem diante da garota de cabelo alaranjado estavam dois crucifixos fincados nas duas covas recém-cobertas de terra. A chuva que caía sobre as covas escorria, formando lágrimas de lama.

A pintura foi a revelação que faltava para Madhu se lembrar aquilo que o trauma fez calar em sua memória.

Madhu sabia de quem eram as covas. Seu pai e sua irmã estavam, de fato, mortos. E fora ela quem havia matado as duas pessoas que mais amava na vida. Madhu se culpava pelo acidente.

Agora ela se lembrava de tudo. Foi ela quem, com muito esforço, convenceu o pai e a irmã a irem com ela para o haras.

No dia do acidente, no trajeto, seu pai estava sentado no banco da frente do carro, e sua irmã no banco de trás, sem cinto. Estavam felizes, rindo, enquanto Natasha, sua irmã, contava que havia engolido uma mosca viva.

Foi tudo muito rápido. Madhu, que estava ao volante, desviou do animal para não atropelá-lo, o carro capotou várias vezes no íngreme despenhadeiro abaixo e só parou quando o capô do Fiat 500c bateu numa árvore. O carro ficou tombado com a porta do motorista para cima.

Assim que o carro subitamente impactou com a árvore, Madhu sentiu uma dor latejante na cabeça, estava entorpecida com o acidente e pendurada pelo cinto de segurança. Ao soltá-lo, caiu em cima de seu pai, que estava com um imenso galho de árvore cravado no peito. Seus olhos estavam arregalados e escorria sangue de sua boca. Em pânico, Madhu tentou inutilmente acordá-lo. Ele não acordou.

Lembrou-se da irmã. Olhou ao seu redor. Ela não estava no carro. Os vidros do mesmo estavam todos quebrados. Tinha esperança de que a irmã estivesse salva. Tinha de ajudá-la.

Madhu saiu do carro mancando e não percebeu que sua cabeça estava sangrando. Em cada tentativa de caminhar, escorregava no íngreme despenhadeiro, gritando o nome da irmã. E logo a viu, bem abaixo no despenhadeiro, caída e imóvel.

Natasha havia sido arremessada para fora do carro e continuou rolando despenhadeiro abaixo. Madhu escorregou propositalmente na direção da irmã. Mas não pôde ajudá-la. Também estava morta.

Caiu de joelhos diante da irmã caçula. Sua companheira, sua confidente, sua melhor amiga. Sua irmãzinha caçula e seu afável pai morreram diante de seus olhos.

Madhu segurou a mão suja de terra da irmã e começou a chorar. Sentiu sua cabeça latejar e sua consciência esvair.

Só foi acordar a bordo de Shandi33.

A dor da recordação continuava insuportável para Madhu, que desmaiou, caindo em cima do quadro.

Capítulo 8

Madhu estava em frente à fachada de sua casa na chácara em São Roque. Mas havia alguma coisa errada. Aquela casa parecia sua casa do passado, de quando era criança. O balanço que seu pai fez com pneu velho ainda estava pendurado na árvore. A jabuticabeira que plantou com sua mãe e que hoje já está grande, dando frutos, ainda é só uma muda. Porém, Madhu não era uma criança. Estava confusa.

Quando estava prestes a entrar correndo em sua casa à procura de alguém, Niki surgiu de trás da grande árvore que continha o balanço improvisado.

– Antes de você entrar, tenho que lhe explicar uma coisa – alertou Niki, elegantemente vestindo bata e calça branca.

– O que você está fazendo aqui? – perguntou irritada. Niki era a última pessoa que Madhu esperava ver naquele lugar.

– Vim ajudá-la, de novo. Estamos dentro da sua memória, no passado. Por isso, não vai conseguir interagir com ninguém da sua família. São só memórias. Seus pais e sua irmã continuam mortos. Somos como fantasmas espiões dentro de suas memórias.

Madhu sentiu angústia e tristeza no peito. Estão todos mortos, lembrou-se. Ela estava sozinha, não tinha mais ninguém. Não tinha nem sequer um tio, seus pais eram filhos únicos. E seus avós estavam mortos há muito tempo.

– Dispenso sua ajuda. Pode ir. – Tinha esperança de entrar na casa e encontrar todos vivos. Precisava vê-los vivos. E definitivamente não queria Niki por perto naquele momento.

– Não posso. Estou programado para acompanhá-la nessas lembranças. Não vou embora, vou ficar ao seu lado.

– Argh, que seja – resmungou Madhu. Estava com pressa em entrar e ver sua família. Não queria perder tempo discutindo com Niki.

Ao entrar na sala, viu uma Madhu de apenas oito anos e sua irmã Natasha, de quatro anos. As duas estavam brincando na sala.

Os olhos de Madhu fantasma se encheram de lágrimas ao rever sua irmãzinha. Sentia tanta saudade dela! Queria poder abraçá-la, mas percebia que aquilo era só uma lembrança. Ela não passava de um fantasma. Ela e Niki ficaram num canto da sala observando a cena.

– Vamos bincar de cajinha? Você pode molar na minha caja se quisé, Madhu – disse Natasha, que estava com uma boneca Barbie descabelada nas mãos.

– Não. Vou brincar que sou uma guerreira e que vou salvar o mundo. – Madhu estava com uma

toalha de banho amarrada no pescoço e caída nas costas para improvisar como capa de super-heroína.

– Também quelu salvar o mundo com voxê. Eu também vou xer guerreila – disse a pequena Narasha, de cabelos ruivos acobreados lisos e compridos, e de doces e meigos olhos verdes.

– Só pode existir uma guerreira. Só eu posso salvar o mundo. Você fica na sua casinha que vai ser destruída pelo meteoro.

– Aí voxê me salva?

– Não. Você vai morrer – respondeu Madhu, com indiferença.

A pequena Natasha saiu da sala com cara de brava e cabeça baixa à procura da mãe.

Madhu fantasma seguiu a pequena Natasha. Na época em que era criança não percebia quanto suas palavras poderiam machucar quem tanto amava. Muito menos que suas palavras poderiam ser tão proféticas.

Natasha encontra a mãe no quarto, dobrando roupas.

– Mamãe, a Madhu não gosta de mim. Ela qué que eu morro – choramingou.

– Oh, minha princesa! Fique aqui com a mamãe. Ajude-me a dobrar roupas, o.k.? – disse Débora, mãe de Madhu.

Toda a cena foi tomada por uma fumaça branca intensa. Madhu fantasma não conseguia ver mais nada. Quando a fumaça começou a se dissipar, outra cena surgiu à sua frente.

Estava na cozinha de sua casa. Naquela cena, Madhu estava com doze anos. Sua mãe, magra, com um lenço amarrado na cabeça para disfarçar a perda de cabelo, estava sentada na cadeira da mesa de jantar. Seu pai, sentado ao lado de sua mãe, segurava sua débil mão.

– Madhu, temos de contar para você uma coisa importante, senta aqui – disse seu pai, apontando uma cadeira para que Madhu se sentasse ao lado da mãe.

Depois que Madhu se sentou receosa do assunto, sua mãe começou a falar:

– Eu estou com uma doença chamada câncer...

– Eu sei o que é câncer. Você vai morrer? – a pré-adolescente Madhu perguntou irritada, interrompendo sua mãe.

Madhu já desconfiava que algo estava errado com sua mãe. Mas pensava que fosse apenas uma grave queda de cabelo e fraqueza por não se alimentar direito.

– Creio que sim – falou Débora, com tristeza nos olhos. – Os médicos disseram que tenho poucos meses de vida...

– Você está doente há um tempão, não é? E só agora me conta? Muito obrigada por me deixar participar da sua vida! – disse com sarcasmo. – Que morra! – gritou irritada. Madhu se levantou e foi se

trancar em seu quarto. Ela estava com muita raiva. Sentia-se traída, sentia medo, revolta.

Novamente, uma densa fumaça apagou a cena. Ao dissipar-se, surgiu aos olhos de Madhu do presente uma sala cirúrgica.

Madhu tinha acabado de nascer. Um bebê enorme, com mais de quatro quilos, ralo cabelinho alaranjado, estava vermelha de tanto chorar ao nascer cheia de saúde e fôlego. Seus pais também choravam, mas de alegria. Seu pai lhe segurava no colo e a beijava com carinho e brilho no olhar umedecido de lágrimas. Sua mão esticou os braços pedindo que lhe passasse a bebê Madhu para ela. Débora pegou a bebezinha nos braços, beijou sua cabecinha laranja com grande ternura no olhar.

Enquanto Madhu fantasma e Niki viam aquela cena dos pais apaixonados pela bebezinha Madhu, Niki quebrou o silêncio. E a cena ficou congelada.

– Não entendo o que faz você acreditar que é especial e que pode salvar o mundo – disse Niki, com um sorriso sarcástico. – Você não passa de uma esquizofrênica, Madhu. Internada num hospício, alucinando para não sentir culpa. Pois foi você que matou seus pais.

– Eu jamais mataria minha família! – respondeu Madhu, cerrando os dentes e semicerrando os olhos. Estava decidida em não cair mais nas armadilhas de Niki.

– Foi você quem optou pela eutanásia da sua mãe. Pobre coitada, num coma induzido mal sabendo que sua filha estava decidindo matá-la. Foi escolha sua, Madhu, então, tecnicamente, você a matou. – Niki estava com um sorriso irônico e malicioso. – E depois convenceu o pai e a irmã, que estavam protegidos em seu lar, para um passeio, onde você, por descuido, jogou o carro despenhadeiro abaixo. Você arremessou o papaizinho lunático e a irmãzinha desastrada para a morte. Mortos, num trágico acidente provocado por você!

Madhu estava com muita raiva daquele maldito robô psicopata. Não iria deixar Niki enganá-la novamente. Não iria permitir que ele a iludisse de novo. Aquilo que ele dizia não era verdade, era uma falácia.

Ela respirou fundo com os olhos fechados e sentiu uma força subir pela sua espinha dorsal até chegar ao topo de sua cabeça. Aquela força se fundiu com sua mente. E então ela conseguiu ver tudo, claramente. A raiva deu lugar à lucidez.

– Eu sei que não sou especial. Seria uma ilusão acreditar nisso, já que somos todos frutos da Fonte, parte Dela. Somos todos um único Espírito. A individualidade é passageira, ilusória e mortal. Estou apenas representado o papel de um personagem como qualquer outro, que faz funcionar o grande experimento que é a vida. Somos todos um único grande coração criando uma grande obra de arte.

– Sempre amei muito minha família. Se eu tinha uma forma pouco tradicional de demonstrar meu amor, pouco importa! Só eu sei o que sentia. Se tenho uma forma mordaz de lidar com quem eu amo em momentos difíceis, isso não quer dizer que não os ame profundamente. Se fui insensível, imatura, não foi de propósito. Daria minha vida por eles.

– O motivo pelo qual a Confederação Intergaláctica Estelar escolheu a mim, uma garota humana comum cheia de defeitos para salvar o mundo, pouco me importa!

– Darei minha vida pela Fonte. Eu e a Mãe Terra seremos a gênesis da Terceira Realidade. Engula isso, Niki!

– Você conseguiu! Ah, minha querida! Ela conseguiu – a aveludada voz de Tarala soou como um cântico nos ouvidos de Madhu.

Madhu já estava se acostumando com a rotina de abrir os olhos e se assustar em não se lembrar em como acordou num lugar singular. Ela sabia que aquele era um momento daqueles. Por isso, não teve pressa em abri-los. Respirou fundo para recuperar a lucidez da mente.

Lentamente abriu os olhos. Instintivamente, piscou várias vezes para obter o ajuste da visão diante tanta claridade. Quando finalmente conseguiu enxergar, ficou terrificada. Estava rodeada de criaturas extraordinárias, como gafanhotos gigantes e humanoides lagartos.

Sentou-se rapidamente no leito onde acordara. Sentada, se acalmou ao ver que Tarala estava em pé ao seu lado esquerdo e Behosa, ao seu lado direito. Todos, inclusive os estranhos alienígenas, vestiam macacão branco justo no corpo com a gravura de dodecaedro dourado no peito.

– Não tenha medo, são todos amigos – disse Behosa. – Preciso da sua permissão para liberar a comunicação telepática. Muitos aqui só se comunicam telepaticamente e precisamos que você participe da reunião – pediu. Qualquer alienígena naquele auditório poderia sem dificuldade nenhuma impor pensamentos na mente de Madhu. Mas em uma conferência, com tantos seres, havia a necessidade de um capacitador telepático coletivo, para que todos os pensamentos fossem compartilhados por todos sem gerar confusão. O capacitador telepático também traduzia a conversa telepática para o idioma de maior fluência para cada um.

– Tudo bem – respondeu alarmada. Sentia-se coagida com tantos olhares formidáveis lhe observando.

Madhu estava bem no centro de um espaço semelhante a um grande auditório circular, todo branco e radiante. Os seres alienígenas permaneciam em pé nos degraus acima, ao redor do centro.

No degrau mais alto do auditório estava Capitão Mastara. Imponente e misterioso, com a penumbra escondendo parcialmente sua face de serpente naja branca. Seus enigmáticos olhos vermelhos brilhavam na penumbra.

Havia várias espécies alienígenas presentes. Seres azuis carecas bem magros e altos, pulcros humanoides felinos, gigantes com enorme saliência atrás da cabeça, pequeninos humanoides semelhantes aos *grays*, só que não eram cinza, eram brancos com um intenso brilho e grandes olhos amendoados. Os mais estranhos eram os gafanhotos gigantes e também os humanoides com pele de réptil e cabeça semelhante ao de um lagarto.

Porém, Madhu não estava com medo, apenas intrigada. Sempre gostou da diversidade. Nunca prejulgou as pessoas pela aparência, não começaria agora.

– Tudo o que você pensar, todos nós iremos *ouvir* – explicou Behosa. – Portanto, tome cuidado com o que pensa. E tudo que pensarmos, você *ouvirá*.

– Tudo bem, não tenho segredos – respondeu Madhu. *Mas terei de me controlar para não pensar besteiras inúteis,* pensou Madhu.

Behosa passou o capacitador telepático sobre a cabeça de Madhu. Era um aparelho de cristal, com formato de cone, que radiava uma luz azul. Logo em seguida Madhu ouviu uma voz em sua cabeça.

– Recebemos informações de padrão anormal na curvatura n3 do tempo-espaço de Shandi33. Não sabemos até quando conseguiremos nos manter escondidos.

Ao ouvir a melodiosa voz em sua cabeça, Madhu olhou instantaneamente para uma bela e sensual felina humanoide. Sabia que era aquela felina que estava se comunicando telepaticamente, entendendo que seria fácil identificar quem falava telepaticamente.

– *Acontece que ela não pode voltar à Terra sem receber o treinamento que preparamos* – disse telepaticamente uma reptiliana.

– *Em quanto tempo conseguem prepará-la?* – perguntou telepaticamente um siriano.

– Até o fim da tarde de hoje. Amanhã poderemos partir – respondeu Behosa.

– *Partir! Amanhã?* – os gafanhotos gigantes não estavam preparados para voltar ao espaço.

– *Quanto antes melhor* – comentou telepaticamente a reptiliana com cabeça de lagarto.

Uma voz chiada penetrou a cabeça de Madhu com grande intensidade:

– *Então está decidido!* – Essa voz fez com que Madhu instintivamente olhasse imediatamente para o Capitão Mastara. Seu magnetismo não deixava dúvidas de quem era. E ele voltou a dizer: – *Partiremos ao nascer dos sóis. Comecem os preparativos imediatamente.*

Behosa passou novamente o estranho equipamento por cima da cabeça de Madhu, interrompendo a comunicação telepática para ela.

Havia várias portas de saídas no auditório, por onde as multidões de alienígenas saíam. Tarala e Behosa acompanharam Madhu até um hangar não muito distante do auditório.

– Vocês me disseram para eu não me preocupar com meu pai e minha irmã. Onde eles estão? – perguntou Madhu, enquanto caminhavam até uma nave estrelada. Ela acreditava em vida após a morte.

– Estão na Colônia Espiritual Raios do Amanhecer – disse Tarala. – É uma colônia muito alegre e de grande beleza. Sua mãe também está lá. Ela trabalha com crianças que morreram de câncer.

Madhu não conseguia duvidar de Tarala. Sabia em seu íntimo que ela dizia a verdade.

Entraram na nave estrelada e partiram. A nave pousou num grande espaço onde havia algumas insólitas naves estacionadas.

Assim que desceram da nave, estava à sua espera um belo rapaz, alto como Behosa, porém mais forte, pele branca e músculos virtuosos aparentes em seu macacão preto e justo no corpo que também levava a gravura de dodecaedro dourado no peito. Seu cabelo era loiro dourado e estava preso em um pequeno rabo de cavalo em sua nuca. Os olhos meigos e sinceros do rapaz chamaram a atenção de Madhu. Ela sentiu algo familiar naquele olhar.

Ao lado do belo rapaz estava uma jovem que parecia uma guerreira de *mangá*. Seu corpo se assemelhava muito ao corpo da boneca Barbie. Chegava a ser uma beleza bizarra de tão perfeita. Sua cintura chegava a ser um exagero de fina, e seus fartos seios chamavam a atenção. Seu longo cabelo castanho estava preso numa trança embutida. Ela também usava o macacão preto, justo no corpo com o símbolo dourado no peito. Madhu não conseguia imaginar um casal mais perfeito e belo que aquele.

Behosa apresentou a dupla para Madhu. – Madhu, esses são Aisha e Willy. Eles são nossos melhores guerreiros de todo o setor da Segurança Intergaláctica. Irão lhe acompanhar em todo o seu trajeto no planeta Terra e estarão lá para auxiliá-la e protegê-la.

– É um prazer! – exclamou Madhu, oferecendo a mão para cumprimentá-los.

– O prazer é todo nosso – disse Aisha, séria. Com uma postura muito profissional, deu um forte aperto na mão em Madhu.

– Será uma grande honra – completou Willy. Com sorriso no rosto e brilho nos olhos, retribuiu o aperto de mão.

– Vamos até a sala de projeção – chamou Behosa.

Todos seguiram até uma sala circular, vazia, com paredes radiando luz branca, chão e teto brancos. Quando a porta automaticamente se fechou atrás deles, Tarala esticou os braços para frente do corpo, abriu as mãos e fez surgir uma imagem holográfica perfeita do Lago Titicaca, que se estendeu por toda a sala e muito além dela. A parede, o chão e o teto ilusoriamente evaporaram-se. A imagem era muito realística. Como num passe de mágica, estavam sobrevoando uma réplica idêntica do Lago Titicaca.

Puderam observar que, ao invés de existir duas ilhas, havia três grandes ilhas. A Ilha do Sol e a Ilha da Lua eram conhecidas no tempo presente do planeta Terra. A terceira ilha ficava num ponto exato entre as outras duas ilhas. Isso indicava que não estavam no presente, mas num passado longínquo do planeta Terra. A terceira ilha, era a Ilha da Mãe Terra.

Tarala começou a explicar os fatos: – Os antigos incas xamãs, herdeiros dos sirianos, construíram, a pedido de seus *deuses*, os sirianos, um templo sobre o ponto onde a *Kundalini* da Terra dorme. Esse Templo seria usado para realizar cerimônias para Mãe Terra e lhe ajudaria a despertar a *Kundalini* adormecida, fazendo surgir uma nova era de luz planetária.

– Lúcifer afundou a Ilha da Mãe Terra para que as cerimônias do despertar da *Kundalini* não fossem mais possíveis. – Conforme Tarala contava a história, ia aparecendo os acontecimentos diante de seus olhos em imagens holográficas. – Dentro desse Templo na Ilha da Mãe Terra, que repousa por milênios no fundo do Lago Titicaca, existe um portal e só uma cerimônia com o sacrifício de uma jovem virgem poderá abri-lo.

Madhu enrubesceu de vergonha com o comentário que deixava claro que ela era virgem. Enquanto isso, a imagem holográfica focava o portal.

– Willy e Aisha lhe acompanharão até o templo, realizarão a cerimônia xamã lhe oferecendo como sacrifício para a abertura do portal – disse Tarala. A imagem holográfica agora mostrava o portal se abrindo. O portal era uma enorme pedra triangular com escrituras antigas. A imagem holográfica era tão perfeita que parecia que estavam mergulhando no fundo do lago. – Você terá de atravessar o portal sozinha – disse para Madhu. – Assim que entrar pela passagem do portal, sua fusão com a Mãe Terra será imediata e isso fará com que a *Kundalini* da Terra desperte, dando início à Terceira Realidade.

– Como vamos mergulhar até lá embaixo? – perguntou Madhu, esperando que lhe informasse sobre como utilizar um equipamento de mergulho alienígena.

– Equipamentos de mergulho dos terráqueos – pronunciou Willy. – Eu mesmo lhe ensinarei a usá--los quando estivermos na Terra.

– Antes de mergulhar no Templo perdido, terão de passar por uma cerimônia na Ilha da Lua, onde os nativos descendentes dos incas invocarão o poder feminino da Lua. Depois partirão para a Ilha do Sol, onde a cerimônia do Sol será realizada e o poder masculino irá transferir o comando e o governo para que o poder feminino realize a germinação da Terceira Realidade. Só então mergulharão no fundo do Lago Titicaca para a cerimônia final – explicou Tarala.

– Disse que voltarei exatamente no mesmo ponto do tempo que parti na Terra, isso significa... Terei de ver meu pai e minha irmã mortos!? – disse Madhu, com um nó na garganta.

– Significa que poderá velar seu pai e sua irmã antes de partir para a missão – disse Behosa. – E não se preocupe, terá apoio. Willy e Aisha estarão ao seu lado o tempo todo.

– Tudo bem. Estou pronta. Quando partiremos? – Madhu perguntou, decidida.

– Muito em breve – disse Tarala. – Terá tempo somente para aprender a realizar as cerimônias xamãs, algumas instruções de mergulho e segurança, e estará pronta para partir.

– Vou poder me despedir da Liv?

– O tempo é muito curto. Verei o que posso fazer – disse Behosa.

Tarala finalizou o show holográfico. Ela e Behosa se despediram de Madhu. Saíram deixando Madhu com Willy e Aisha. A jovem se sentia mais à vontade com os dois guarda-costas alienígenas.

– Estou preparada para aprender esse lance de cerimônia xamã. Só não me lembrem de que vou ter de morrer virgem. – Para Madhu, já que sua morte estava muito próxima, melhor encará-la com sarcasmo mordaz ao invés de tristeza.

Willy não conseguiu disfarçar um sorriso penoso. Aisha continuou sem nenhuma reação emotiva.

– Bom, para começar, me chame de Will.

Fazendo uso da tecnologia das imagens holográficas, Willy ensinou para Madhu tudo sobre as cerimônias xamãs que seriam realizadas. Só então Madhu entendeu que ela seria apenas a oferenda na cerimônia. Seria Willy e os índios xamãs quem realizariam as cerimônias.

– Sei que deve estar cansada – disse Aisha. – Mas antes de descansar, temos de planejar nosso itinerário na Terra. Todo o nosso trajeto até o Lago Titicaca deve ser seguido à risca. É importante que entenda que, pela sua segurança, é fundamental nos obedecer na Terra, tudo o que lhe pedirmos você terá de fazer, sem nos questionar. – Aisha tinha uma postura fria e calculista, diferente de Willy.

– Vocês são híbridos, androides ou puros? – Madhu não pôde evitar a curiosidade.

– Eu sou ariano – disse Willy. – Nasci em Kiva, um satélite artificial do planeta Arian, da estrela Alpha Arietis, na constelação de Áries. Fui aceito para lutar na Guerra de Órion ao lado da Confederação Intergaláctica Estelar. Depois que a Guerra de Órion acabou, fui convocado para trabalhar no setor de Segurança Intergaláctica da Ala9 de Shandi33.

– Aisha é uma ginoide, ou androide de aparência fêmea se preferir. Foi desenvolvida especificamente para trabalhar no setor de Segurança Intergaláctica. Seu corpo é feito de um material muito resistente que se regenera em poucos segundos, seu punho libera agulhas venenosas mortais e seus golpes são perfeitos. Ela consegue derrotar cinquenta homens terráqueos fortes em menos de cinco minutos.

– Uau! Uma boneca Barbie mortal, tamanho real, sempre foi meu sonho de consumo. – Madhu admirava Aisha, extasiada. – Seu criador caprichou no seu visual – disse para Aisha.

Willy ficava cada vez mais curioso pela peculiar personalidade da humana terráquea Madhu. Nunca havia conhecido uma terráquea antes. Gostava de estar ao seu lado. Há muito tempo não se sentia tão alegre. Mas se entristecia ao lembrar-se que, em breve, ele a levaria para ser sacrificada.

Madhu estava cansada, com fome e sono. Mas lhe informaram que não havia tempo para dormir, pois as sondas luciferianas estavam prestes a encontrar Shandi33.

Madhu comeu uma suculenta fruta alienígena, enquanto Aisha lhe ensinava a bloquear a mente para que os pensamentos não pudessem ser ouvidos por inimigos que têm tal capacidade.

Depois de finalizados todos os preparativos para o retorno ao planeta Terra, Madhu realmente estava exausta. Os três seguiram rumo ao salão central da Ala9 de Segurança Intergaláctica. Estavam lá esperando por Madhu o Capitão Mastara, Tarala, Behosa, Nero, Niki e Liv com Bastet em seu colo.

– Hora da despedida – disse Behosa. – Shandi33 entrará na Via Láctea em apenas trinta minutos.

– Já? – surpreendeu-se Madhu. – Eu pensei que...

– As sondas estão prestes a desvendarem o ponto de inserção do espaço-tempo de Shandi33 – disse Behosa. – A despedida terá de ser breve.

O cansaço e o sono não impediu que Madhu sentisse um frio na barriga. Percebeu que não se sentia pronta para deixar Shandi33 para sempre. Sentia medo da inevitável morte.

Bastet pulou do colo de Liv e foi se roçar nas pernas de Madhu.

– Vou sentir sua falta, humana terráquea altamente perecível – revelou Liv, que deu um abraço apertado em Madhu. – Que a força esteja com você!

– *Não se esqueça de que o poder da Serpente habita seu ser* – disse Mastara, impondo sua voz chiada dentro da cabeça de Madhu.

– Estaremos o tempo todo com você, acompanhando-a – disse Tarala, ao abraçar Madhu. – Todos nós a amamos muito. Nunca se esqueça disso. Nunca deixe a esperança esvair de seu coração.

Depois de receber o abraço de Tarala, Madhu perguntou: – O que o robô psicopata veio fazer aqui? – se referindo a Niki.

– Pensei que deveria me despedir, já tivemos uma história juntos – respondeu Niki, confuso.

– Boston definitivamente se esqueceu de configurar *bom senso* em você – disse Madhu. – Adeus, Niki! – exclamou com veemência.

– Adeus! – respondeu Niki. – E agradeço pela experiência em conhecer uma terráquea.

– Adeus, Madhu – disse Nero. – Foi interessante tê-la em Shandi33. Lamento sua partida.

– Obrigada! Sentirei saudade de todos vocês. Bom, menos do robô psicopata – disse olhando para Niki. – Sentirei saudade de toda essa magia, de cada segundo de privilégio em viver a bordo da Shandi33.

Vocês me ensinaram a sonhar e acreditar nos meus sonhos. Com vocês, aprendi que tudo é possível, que não há limites para a criação.

– Que a Fonte inspire sempre seu coração – disse Tarala, com seu olhar meigo de profundo amor.

– Vamos! – Behosa chamou Madhu. Estava com pressa.

Liv correu e deu mais um abraço em Madhu.

– Estou pintando uma nova tela. Adivinha quem é minha inspiradora? – escorriam lágrimas dos olhos de Liv.

– Você foi a amiga mais sincera e bizarra que já tive, Liv. Vou sentir muito a sua falta – disse, enquanto Behosa a puxava pelo braço.

– Temos que ir – disse Behosa, num tom mais autoritário.

Behosa, Madhu, Willy e Aisha partiram de nave estrelada rumo à cápsula de teletransporte na Ala1.

Capítulo 9

– Aqui! Tem duas garotas aqui! Uma delas está viva! – gritou uma voz grave.

Madhu ouvia algumas vozes ao seu redor, mas se sentia fraca demais para abrir os olhos. Fraca demais para reagir. Só queria dormir.

Me deixem dormir, me soltem!, pediu em pensamento, sentindo mãos levantando seu corpo e a colocando em um lugar duro, provavelmente uma maca.

E voltou a dormir.

– Madhu, hora de acordar! Você está atrasada. Nero está chegando – disse Liv.

Ao abrir os olhos, Madhu viu uma Liv diferente. Não tão bonita, era apenas uma garota normal descabelada. Mas era Liv. Só então notou que estava num quarto semelhante a um quarto hospitalar, com duas camas hospitalares velhas em frente de uma grande janela com grossas grades enferrujadas.

– Onde estamos? – Madhu perguntou sobressaltada e imediatamente se sentou na cama.

– Ah, Madhu! Eu disse para você não comer as frutinhas azuis do nosso jardim. Está alucinando

de novo – disse Liv, que, como Madhu, vestia um uniforme azul, semelhante a um uniforme hospitalar cirúrgico.

– Responda minha pergunta, Liv. Onde estamos?

– Na nossa casa em Shambala. Onde mais estaríamos? – respondeu Liv.

Madhu levantou-se rapidamente para abrir a porta do quarto. Precisava saber onde ela estava.

Ao abrir a porta deparou-se com um corredor. Outras poucas mulheres estavam no corredor. Todas usando o mesmo uniforme azul. Uma delas repetia a frase "Chupa! Pinto mole não entra!" consecutivamente. Outra parecia estar levando um cachorro imaginário para passear. Aquilo não era Shambala. Era um hospício!

Madhu se apoiou na soleira da porta para não cair ao perceber onde estava. Um rapaz de uniforme branco entrou no corredor e seguiu na direção de Madhu.

Liv começou a cantarolar:

– Nero está chegando! Nero está chegando!

O rapaz semelhante a Nero, contudo, sem orelhas pontudas e com uma aparência muito mais humana. A pele do rosto era marcada por vestígios de espinhas e seu cabelo oleoso que lhe dava um aspecto seboso. Ele se aproximou de Madhu e disse para ela: – Vamos! Dra. Tamara está esperando você.

– Dra. Tamara? Quem é você? Que lugar é esse? – perguntou Madhu.

– É a primeira vez que ouço você dizer o nome correto da dra. Tamara. Deve ser o novo medicamento. O comprimido azul. Você chamava a doutora de Tarála, alguma coisa assim – disse o rapaz. – Vem, vamos logo! Ela está esperando.

Madhu seguiu o rapaz que andava em passos largos. – Imagino que você seja Nero, um enfermeiro. E que dra. Tamara seja minha psiquiatra? – supôs Madhu.

– Uau! Então, quer dizer que não sou mais um androide?! – indagou o rapaz com um sorriso no rosto.

– Diga-me você! – incitou Madhu, irritada.

– Pergunte para a sua psiquiatra – disse o rapaz, abrindo a porta de um consultório.

Madhu entrou no consultório. Nero fechou a porta ficando do lado de fora. Atrás da mesa, sentada numa cadeira estava a suposta dra. Tamara, idêntica a Tarala, porém, aquela era uma Tarala sem a expressão iluminada, sem sua beleza celestial. Estava com o comprido cabelo preso num coque, usava óculos de leitura e um longo jaleco branco por cima de um terninho risca de giz.

– Sente-se, Madhu. – Dra. Tamara indicou com a mão uma cadeira do lado oposto da mesa, para Madhu se sentar.

Logo que Madhu se sentou, começou a perguntar: – O que estou fazendo aqui? Preciso saber o que aconteceu comigo.

– Onde você pensa estar? – perguntou dra. Tamara.

– Eu sei que estou num hospício! Quero saber por quê?

– Hospício se tornou um termo pejorativo. Agora, o termo correto é Hospital Psiquiátrico – explicou dra. Tamara. – Preste atenção no que vou lhe dizer, Madhu. É você quem cria sua realidade, portanto, cuidado com o que sonha. Ao invés de buscar a verdade ao seu redor, busque a fé em si mesma.

– O que está tentando me dizer? – Madhu perguntou, confusa.

– Willy e Aisha não poderão mais estar com você. Você é capaz de fazer qualquer coisa sozinha. Algo deu errado, tivemos de sedá-la por vinte dias. Agora, terá de acordar e enfrentar a realidade.

O sono era vigoroso em demasia. Mas sua determinação em acordar era maior. Madhu estava cansada de sonhar. Ao abrir os olhos, ela notou que estava num quarto de hospital muito similar onde sua mãe permaneceu durante meses em tratamento. Estava deitada na cama hospitalar. Havia um tubo preso em seu estômago conectado a uma bolsa de alimentação, outro tubo preso num cateter em seu braço conectado a uma bolsa de soro, e sentiu entre suas pernas uma sonda vesical de demora, usada para eliminação de urina em pacientes imobilizados.

Sentia-se sonolenta, fraca, confusa. Havia certa resistência nos movimentos. Instintivamente e com muita dificuldade, tocou o topo de sua cabeça e notou que lá havia um curativo. Haviam raspado seu cabelo naquela região.

Começou a se lembrar do acidente de carro que sofreu e da morte de seu pai e de sua irmã. Também se lembrou de Shandi33 e sua missão. Olhou ao redor à procura de Willy e Aisha. Ficou abalada em não vê-los. Demorou longos minutos até conseguir alcançar e apertar o botão na cabeceira da cama hospitalar.

A enfermeira entrou confusa, com semblante indicando espanto. – Ah, meu Deus! Como...? – A enfermeira parecia não acreditar estar vendo Madhu acordada.

– Cadê Willy... e a Aisha? – questionou Madhu, com voz fraca e rouca. Sua garganta doeu ao falar.

– São seus parentes? – perguntou a enfermeira se aproximando e checando os sinais vitais da paciente no aparelho de monitoramento.

– Não – pigarreou, para umedecer a garganta e diminuir a rouquidão. – Amigos.

– Só veio visitá-la o senhor Edgar. Disse que era amigo do seu pai. Vou chamar o médico, já volto – disse célere e saiu correndo para chamar o médico.

Edgar era o dono do haras que Madhu frequentava, amigo de infância de seu pai. Todos o conheciam como *Ed.* Demorou alguns segundos para Madhu entender que o *senhor Edgar* era o Ed.

Willy e Aisha disseram a Madhu que estariam o tempo todo ao seu lado quando ela voltasse à Terra.

Por isso, ela estava assustada, e começaram a surgir diversos pensamentos indesejáveis em sua cabeça: *Será que deu alguma coisa errada com o plano da missão? Será que foi tudo alucinação? Não pode ser!*

O médico entrou no quarto seguido de duas enfermeiras, tirando Madhu de seus pensamentos indesejáveis.

– Olá Madhu, eu sou o dr. Fabiano, seu médico. Como se sente? – o médico tinha uma postura profissional, manteve a calma, transmitia confiança e segurança. Seu cabelo grisalho e seu semblante de homem responsável indicavam experiência profissional.

– Com sono, fraca. Será que dá para tirar esses montes de canos de mim? – pediu, referindo-se aos tubos de nutrição, medicamento e a sonda de eliminação de resíduos. – E preciso de informações sobre meu pai e minha irmã. – Ela sabia que eles estavam mortos. Estava pensando nos preparativos do velório, enterro. Era tanta coisa. *Onde estava Willy?*

O médico chegou bem próximo de Madhu. – Vou aferir sua pressão – disse o médico, colocando o esfigmomanômetro no braço de dela e o estetoscópio em seu ouvido para aferir a pressão de Madhu. – Sente tontura, dor de cabeça ou enjoo?

– Não. Não sinto dor nenhuma. Só o incômodo dessas coisas presas em mim. Preciso saber onde estão. Meu pai e minha irmã. Tenho de cuidar do enterro. Preciso sair logo daqui.

Depois de aferir a pressão de Madhu, o médico retirou o esfignomanômetro do braço de Madhu e checou seus batimentos cardíacos. Lentamente tirou o estetoscópio do ouvido e disse: – Madhu, você estava em coma. Ficou em coma durante vinte dias. O amigo do seu pai já cuidou de tudo. Enterro, velório... Aparentemente sua saúde está estável. Nunca vi nem ouvi caso como esse. Você se lembra do acidente que sofreu?

– Coma? – a preocupação de Madhu começou a aumentar. Alguma coisa estava muito errada.

– Não sabemos o motivo do seu coma, fizemos diversos exames: ressonância magnética, tomografia computadorizada, eletroencefalografia, entre diversos outros exames. Seu estado de saúde sempre esteve estável, seus órgãos funcionando perfeitamente. Você ficou na Unidade de Terapia Intensiva durante quinze dias sendo monitorada cuidadosamente. Como seu estado de saúde estava estável, eu a transferi para esse apartamento.

– Suspeitamos que o motivo de seu coma tenha sido um trauma psicológico. Vou solicitar alguns novos exames e direcioná-la a um psiquiatra para que possa fazer uma avaliação – disse o médico, fazendo anotações no prontuário da paciente. – Você se lembra do acidente?

Madhu estava em choque. *Está tudo dando errado!,* pensou em desespero. Aquilo não podia estar acontecendo. Ela só queria sair correndo daquele hospital. Precisava encontrar Willy e Aisha, se é que eles existiam. Seu último sonho, o que teve durante o coma, foi como uma alucinação realística, deixando-lhe ainda mais confusa.

– Pode retirar esses negócios de mim? – pediu Madhu, com pressa de se livrar dos tubos que a prendiam.

O Dr. Fabiano solicitou às enfermeiras que retirassem a sonda vesical de demora e o tubo de alimentação, mas que não retirassem o cateter com o soro.

Depois de um longo tempo com entra e sai de enfermeiras e médicos, exames, banho e fisioterapia, finalmente, Madhu estava sozinha no quarto hospitalar.

Sentou-se na cama sentindo um pouco de tontura, fraqueza em todo o corpo. Cuidadosamente, retirou o cateter do soro de seu braço. Ao apoiar os pés no chão, percebeu que suas pernas estavam fracas, trêmulas e bambas. Andou apoiada na cama até conseguir firmar os passos. Poucos passos lhe deixaram sem fôlego. Parou para descansar e logo continuou tentando caminhar se escorando nas paredes.

Encontrou algumas roupas suas no armário do quarto. Ed devia ter levado roupas para ela. Com muita dificuldade, tirou a camisola hospitalar e vestiu sua roupa. Fez um coque no cabelo e o prendeu com uma caneta que encontrou na cabeceira da cama, para esconder o curativo no topo da cabeça.

Abriu uma fresta da porta, deu uma espiada no corredor e saiu discretamente do quarto. Não conseguia andar depressa, ainda estava atordoada, fraca e com as pernas bambas. Teve de andar lentamente para não cair.

Conhecia aquele hospital, era o Hospital Sírio-Libanês, onde sua mãe ficou internada em coma induzido por meses.

Ao andar pelo corredor, tentou parecer uma visitante calma. Por sorte, todos os funcionários estavam distraídos com suas tarefas e não notaram sua fuga. Conseguiu sair do hospital sem ser notada, mas não sabia para onde ir. Estava sem dinheiro, sem seu celular, sem Willy, sem Aisha, sem nada!

Pegou um táxi. Decidiu ir até o haras procurar por Ed. Precisava da ajuda de alguém. E naquele momento o amigo de seu pai parecia ser a pessoa mais indicada. Ed tinha uma aparência de homem maduro, forte e grande, que transmitia confiança.

Olhava através da janela do táxi a paisagem desolada de uma cidade poluída e caótica. Madhu começou a chorar de saudades, da família, de Shandi33. Tudo o que queria era voltar para a magia inebriante de Shandi33. Sentia-se abandonada, sozinha, perdida, magoada. Não queria estar ali. Nunca se sentiu tão triste. Precisava ter certeza de que Shandi33 era real, que tudo fora real.

Chegando ao haras, Ed estava prestes a entrar na sua caminhonete apressado. Ao ver Madhu chegar, correu em sua direção.

– Madhu! O que faz aqui? Recebi uma ligação do hospital dizendo que você havia sumido. Por que fugiu de lá? – perguntou Ed, sobressaltado, com semblante de preocupação.

– Preciso de dinheiro para o táxi. E eu estou bem Ed, só não queria ficar naquele lugar. Sabe, lembranças ruins.

Ed sabia de que lembrança Madhu se referia. A mãe dela. Ele tirou a carteira do bolso e pagou o taxista.

– Fica com o troco – disse ao motorista, que partiu.

Ed convidou Madhu para entrar na casa da fazenda onde morava com a esposa que devia estar trabalhando no escritório do haras.

– Não imagina o susto que me deu fugindo do hospital. Estou feliz que esteja tão bem. Parece um milagre! Lamento não poder ter ido ao hospital logo que acordou. Tive problemas no haras – disse Ed, com sinceridade.

Ao entrar na casa, Madhu pediu uma água. Seguiram direto para cozinha, onde Madhu virou um copo de água vertendo todo o líquido de uma só vez. Em seguida, sem pedir, cortou uma fatia de bolo de fubá que estava na mesa da cozinha e deu uma vertiginosa mordida. Estava morrendo de fome.

– Madhu, entendo que não se sinta bem num ambiente hospitalar, mas tem de voltar para lá, querida. Só o médico pode dizer se você está realmente bem. É perigoso para sua saúde se não voltar. E, falando nisso, preciso ligar urgente no hospital, informar que você está aqui – disse, tirando o celular do bolso.

– Eu não vou voltar para lá, Ed. Só se me levarem amarrada – alertou com a boca cheia.

Enquanto ela atacava o segundo pedaço de bolo. Ed ligou no hospital e informou que Madhu estava em sua casa.

– Eles me pediram para levá-la de volta. Existem certas burocracias...

– Eu não vou, Ed! – disse interrompendo Ed.

– Madhu...

– Eu só preciso das minhas coisas. Minha carteira, meu celular, a chave de casa. Só isso! Eu me sinto ótima. Só quero voltar para casa.

– Você é teimosa igual seu pai. – Balançou a cabeça com um olhar saudoso. – Lamento pela perda de seu pai e sua irmã – lamentou-se de forma especulativa, para observar como Madhu estava lidando com o luto.

Madhu parou de comer. Colocou o restante de bolo em cima de um guardanapo na mesa. E limpou as mãos na calça.

– Eu também, já sinto muita falta deles – disse Madhu. – É por isso que quero ir para casa. Lá sei que posso me sentir mais perto deles. O ateliê do meu pai está cheio de suas obras de artes, que são reflexos da alma dele. O quarto da minha irmã tem cheirinho de *Lou Lou,* o perfume preferido dela. Eu quero ir para casa, Ed – pediu com lágrimas nos olhos. – Quero ficar sozinha com as coisas deles, na nossa casa. Preciso disso. Não tive chance de ir ao velório, nem ao enterro. Entende?

Não deixava de ser verdade, mas Madhu estava jogando com a situação para convencer Ed a não levá-la de volta ao hospital.

– Suas coisas ficaram comigo. Contratei um bom advogado, cuidei de tudo, de toda a papelada e das burocracias. Eu estava como seu tutor enquanto você se encontrava em coma no hospital. Agora poderemos transferir todos os bens de seu pai para seu nome, você é maior de idade. Só vai ter de assinar *vários* papéis. Venho cuidando da chácara também. O jipe que era do seu pai continua na chácara, agora é seu.

– Conseguiu cuidar de tudo sem procuração? – Madhu se sentia aliviada.

– Não existe nada que o dinheiro não compre nesse País – disse Ed, a contragosto.

– Então, só preciso de uma carona para casa. E dos meus cartões de créditos.

– Não posso deixá-la sozinha naquela chácara, Madhu. Temos de pensar numa solução. O melhor seria passarmos no hospital...

Antes que Ed completasse a frase, Madhu o interrompeu. – Eu sempre fui responsável e independente, Ed. Você sabe disso. Eu sempre fui a adulta da casa.

– Mas você acabou de sair de um *coma*. Ficou *vinte* dias em coma! Não sei nem como você consegue parar em pé. Se um dia eu disser a alguém que vi uma garota sair de um coma e fugir do hospital no mesmo dia, ninguém nunca vai acreditar. Estou com medo que você tenha um *piripaque* aqui na minha frente.

– Eu juro que estou bem! Você já me viu agindo de forma irresponsável?

– Estou vendo agora!

– Quando minha mãe morreu, quem segurou toda a barra em casa sozinha? Eu sou forte, Ed! Você nem imagina quanto. Se eu passar mal, se eu não me sentir bem, juro que volto para o hospital, o.k.? – Mentiu, pois não tinha a intenção de voltar ao hospital nem se estivesse à beira da morte.

Contra a sua vontade, Ed cedeu ao pedido de Madhu e a levou para a chácara. Tentou durante horas convencê-la de voltar ao hospital, mas não teve êxito. Madhu garantiu que estava bem e que ele podia ir embora. Observando que Madhu estava bem – *até demais para quem saiu de um coma* – ele partiu, mas não antes de fazê-la prometer que no dia seguinte passariam no hospital. E disse que ligaria de hora em hora para se certificar de que ela estava bem.

Madhu ainda estava com fome. Depois que Ed foi embora, ela andou pela casa, estava tudo arrumado e limpo. Era triste ver a casa vazia. A despensa e a geladeira da casa estavam quase vazias. Madhu colheu algumas mangas da mangueira para comer. Tomou banho e deitou na rede para pensar. Seu celular tocou, era Ed, que queria saber se ela estava bem e se precisava de alguma coisa.

– Já disse que estou bem, Ed. Eu sei me cuidar – disse Madhu ao telefone, se esforçando para transmitir uma voz calma.

Depois de falar com Ed, atendeu o celular mais três vezes seguidas. Era do hospital. Decidiu que atenderia apenas as ligações do Ed.

Olhou para o céu azul esperando ver alguma nave vindo resgatá-la. Só então de fato percebeu que aquele era o motivo em querer estar na chácara sozinha. Seria mais fácil Willy e Aisha a encontrarem em sua isolada casa. O tempo estava apertado. Eles tinham de aparecer! Começou a chorar com a tristeza sufocante.

Os dias se passaram. Madhu entrou na sua antiga rotina terráquea. Voltou ao hospital, mas se recusou a ser internada, porém teve de realizar alguns exames, que, para a surpresa de todos, revelaram que a saúde de Madhu estava perfeita. Resolveu burocracias, voltou a frequentar as aulas no curso de arquitetura no Centro Universitário Belas Artes em São Paulo. A rotina a ajudava a não cair em depressão.

Todas as noites, ela deitava na rede da varanda de sua casa e ficava olhando as estrelas esperando a *sua* nave. Chorava por horas até cair no sono e ser devorada pelos mosquitos.

Já havia passado quinze dias desde que saiu do hospital. O tempo estava voando.

No dia 19 de outubro de 2019, uma notícia extremamente alarmante tomou conta de todos os telejornais. A mídia estava eufórica. Uma grande tempestade geomagnética estava prevista para o próximo dia 5 de novembro. A tempestade não seria tão apavorante se o campo magnético da Terra estivesse executando seu trabalho de escudo protetor. Porém, o planeta Terra estava passando por uma inversão geomagnética que implicava num declínio prolongado da intensidade do campo magnético. Os cientistas mais otimistas previam que tal fenômeno provocaria quedas de energia elétrica, interferência no funcionamento dos satélites de comunicação e de instrumentos de navegação, com efeitos imprevisíveis sobre o clima. Outros previam o fim do mundo.

Como se não bastasse isso, algumas agências espaciais localizaram um imenso corpo celeste se aproximando perpendicularmente do Sistema Solar. Os noticiários ainda consideravam a segunda notícia de forma especulativa, e sem muita importância.

Aqueles relatos alarmantes, todos chegando ao mesmo dia, acordaram Madhu de um estado de alienação. Ela sabia que a situação era muito mais séria que o previsto pela mídia. A temida destruição de toda a espécie de vida no planeta Terra voltou a ser real para ela. Foi como ser despertada com um banho de água fria.

Lembrou-se do sonho que teve durante o coma, onde Tarala – *ou seria dra. Tamara?* – lhe dizia que Willy e Aisha não poderiam mais estar com ela e que Madhu teria de agir sozinha.

Não podia perder mais tempo! Resolveu que tentaria realizar as cerimônias sem ajuda de Willy e Aisha. Estava decidida a mergulhar no Lago Titicaca à procura do templo perdido e abrir o portal. De qualquer forma, sabia que ia morrer. Preferia morrer tentando.

Comprou passagem para o primeiro voo à La Paz na Bolívia pela internet. O voo sairia no dia seguinte bem cedo do Aeroporto de Guarulhos. Teria de acordar às cinco horas da manhã.

Escreveu um bilhete para Ed. Sabia que, quando Ed sentisse sua falta, iria até sua casa, entraria pela porta da cozinha com a chave que tinha guardada em caso de emergência. Deixou o bilhete bem visível em cima da mesa da cozinha. Dizia a verdade. Por mais absurda que pudesse parecer, preferiu dizer a verdade em consideração e respeito pelo grande amigo da família. Também escreveu uma declaração de próprio punho, passando todos seus bens para o nome do Ed.

Faltava menos de um mês para o fim do mundo. E ela faria de tudo para o mundo não acabar. Arrumou sua mala, deixou tudo pronto para a viagem, tomou um banho e foi dormir.

Capítulo 10

Fora de seu tempo, num passado distante, Madhu estava sendo julgada no Tribunal Eclesiástico pela Santa Inquisição da Igreja Católica Medieval. Estava rodeada por homens velhos de aparências arrogantes, ostentando seu poder em trajes exagerados e muitas joias preciosas.

O inquisidor velho, barrigudo e careca olhava para ela com ódio. E espumas de salivas se acumulavam no canto de sua boca cada vez que acusava Madhu de ser uma herege.

– Essa maldita herege satânica tem relações de afeto com os demoníacos deuses – acusava o inquisidor. – É uma bruxa! Ela idolatra e trabalha em função da Deusa Tarala!

Todos no tribunal cochichavam indignados. Enquanto Madhu, amarrada em uma cadeira com as mãos para trás, não tinha o direito a defesa. Usava apenas uma longa camisola branca, pois foi tirada à força e a pauladas de sua cama enquanto dormia.

– Queimem a bruxa! – alguém na multidão gritou, e todos ficaram eufóricos de alegria provocada por um ódio exacerbado.

O julgamento pareceu durar uma eternidade. Madhu foi condenada à morte. No dia seguinte, seria queimada em praça pública, para a satisfação do povo católico.

A praça estava lotada. Antes de ser retirada da cela, um inquisidor católico teve o prazer de chutar Madhu até que ela vomitasse sangue.

Com um capuz branco sobre a cabeça cobrindo todo o rosto, sem poder enxergar, Madhu foi arrastada até a praça e amarrada num enorme tronco.

O inquisidor mais parecia um faminto corvo. Usava uma capa preta e um capuz preto sobre o rosto, onde dois pequenos orifícios revelavam sombrios olhos assassinos. Ele acendeu a tocha levando a multidão ao delírio de felicidade. A tocha acendeu grandes labaredas ao redor do tronco onde Madhu estava amarrada.

O fogo queimava sua pele provocando uma dor insuportável. A dor era tanta que começou a alucinar. Viu Tarala diante seus olhos entre o fogo. Ela estava linda e radiante, como sempre.

– Lo sentimos mucho – disse Tarala, com grande tristeza no olhar. – Lúcifer descobriu.

– Madhu, acorda! Acorda!

Madhu acordou assustada com o coração saltando em seu peito. Devia ser um inquisidor católico que invadiu sua casa. Na penumbra só via um grande vulto. Em seguida, alguém acendeu a luz do abajur.

– Sou eu, Will! – disse Willy, em pé bem na sua frente, com cara de preocupado.

– Will! – Madhu saltou nos braços de Willy envolvendo o pescoço dele com seus braços, apertando forte. Estava tão feliz que começou a chorar. – Você existe!

– Calma, calma... Estou aqui! – disse Will, tentando acalmar Madhu.

– Por que demorou? Estou com raiva de você! Disse que ficaria ao meu lado o tempo todo! Por que demorou tanto? – Madhu estava com uma mistura de raiva e felicidade.

– Tivemos problemas. Sérios problemas! Por isso temos de correr. Iremos imediatamente para a aldeia Copacabana, às margens do Lado Titicaca. Vista-se, tem dois minutos – Willy deu as costas e estava fechando a porta para Madhu se trocar com privacidade.

– Espera! Fica! – gritou Madhu, com medo de perder Willy de vista e ele sumir. – Só vire de costas e não olhe.

Ele fez o que ela pediu. Madhu tirou a camisola com ansiedade e urgência. Colocou uma calça jeans, uma camiseta *baby look* branca, uma blusa de moletom e seu tênis. Suas mãos estavam trêmulas. Ela estava apreensiva.

– Pronto! – Madhu avisou, alcançando a alça da mala.

– Não vai precisar de mala. Deixe aí. Vamos! – disse e andou depressa.

Antes de sair de seu quarto, Madhu virou para dar uma última olhada. Nunca mais veria aquele quarto, nunca mais veria sua casa onde cresceu e viveu com sua família. Antes que começasse a sentir a amargura da despedida de um eterno adeus, abaixou a cabeça e caminhou rápido seguindo Willy.

Do lado de fora da chácara, escondida na densa bruma da Mata Atlântica, estava Aisha, com seu olhar felino velador, parada em frente a uma grande nave tetraédrica estrelada de uns cinco metros de altura, que quebrara vários galhos de árvores ao pousar num espaço aberto da chácara.

– Aisha! – exclamou Madhu, satisfeita em vê-la. – Vocês nem imaginam como estou feliz em estar com vocês! Pensei que tivessem me abandonado. Que tudo não passasse de alucinações da minha cabeça – disse, subindo a escada de acesso ao interior da nave.

Mal partiram já estavam pousando em um vale inóspito, atrás de um grande morro. Do outro lado do morro estava a bela aldeia Copacabana, às margens do Lago Titicaca.

– Já chegamos? – perguntou retoricamente, surpresa. – Uau! Bem melhor que avião – disse Madhu descendo da nave, segurando a mão que Willy lhe ofereceu para ajudá-la. Seu coração se sufocava num paradoxo entre a excitação em rever os amigos alienígenas e de medo pela morte iminente que se aproximava com grande velocidade.

– Tem um barqueiro nos esperando na aldeia Copacabana. Teremos de seguir a viagem a pé. Não podemos correr o risco de alguém ver a nave – disse Aisha.

Assim que desembarcaram, a nave foi embora numa velocidade quase invisível aos olhos humanos terráqueos. Parecia uma pequena esfera luminosa no céu – deu uma guinada de noventa graus e desapareceu.

Willy e Aisha começaram andar rapidamente em direção à aldeia. Madhu os seguiu a passos largos.

– Qual foi o problema que vocês tiveram? – Madhu estava preocupada.

– Assim que a enviamos para a Terra pelo teletransporte, Aisha estava sendo preparada para ser teletransportada ao seu lado. Foi quando Shandi33 sofreu um ataque de uma sonda luciferiana que destruiu grande parte da Ala1, a Ala de comando da nave. O teletransporte, assim como muitos outros recursos tecnológicos de Shandi33, foram gravemente afetados.

– Lúcifer suspeita que estamos novamente tentando criar a Terceira Realidade. Por isso, temos de ser rápidos – disse Willy, que andava depressa atrás de Aisha, seguido por Madhu que tentava acompanhá-los quase correndo. – Demoramos três dias para consertar os danos e encontrá-la aqui.

– Espera! Eu estou aqui na Terra há *quarenta* dias e não três!

– Exato! – exclamou Willy. – O tempo relativo interno de Shandi33 é diferente do tempo na curvatura da Terra. Para nós, em Shandi33, só se passaram três dias, para você, quarenta.

– Eu não sei se vou conseguir acompanhar vocês nesse ritmo – disse Madhu, sem fôlego.

– Suba nas minhas costas – mandou Aisha, parando e agachando para que Madhu montasse nela de *cavalinho*.

Madhu obedeceu sem contestar. Aisha e Willy andaram mais rápido com Madhu nas costas de Aisha, que não parecia nem um pouco cansada.

Enquanto caminhavam, Willy e Aisha ensinaram uma técnica de bloqueio mental para evitar que alguns seres extraterrestres tivessem acesso ao que Madhu pensasse e, assim, pudessem lhes rastrear. Madhu treinou o bloqueio mental com Willy durante o trajeto.

Chegando à aldeia, Aisha colocou Madhu no chão.

– Agora terá de ir andando. Estamos perto – disse Aisha, sem demonstrar nenhum cansaço.

O sol estava começando a nascer, e o panorama do Lago Titicaca sendo irradiado pelos primeiros raios solares naquela paisagem inóspita era magnificente.

A aldeia era charmosa, com ares europeus. Às margens do grande lago, que mais parecia um mar, a água era verde e cristalina. Havia vários pequenos barcos de pesca coloridos na areia clara da praia.

Andaram pelas margens do lago até um pequeno porto.

Havia apenas um excêntrico barco ancorado. O barqueiro estava a bordo, aguardando os passageiros.

A proa do barco era esculpida na forma da cabeça de uma exótica criatura marinha, cuja boca estava aberta, mostrando seus dentes afiados. O convés era dourado, todo esculpido com antigas escrituras inca e revestido com românticas cortinas de seda de um suave tom de amarelo. Era uma réplica de um antigo barco inca, com seu típico e charmoso casco recurvo.

O barqueiro saiu do barco. Madhu, Aisha e Willy entraram. O barqueiro se despediu com um largo sorriso no rosto direcionado para Willy. Aisha tomou o comando do barco. Agora, ela era a barqueira.

– Estamos indo para a cerimônia na Ilha da Lua, certo!? – perguntou Madhu.

– Exato. Estamos indo ao Templo da Sacerdotisa na Ilha da Lua. O centro mais poderoso de energia feminina da Terra – disse Willy. Ele percebeu que repentinamente Madhu se entristeceu. Afinal, logo seria sacrificada no fundo do lago. – A cerimônia *Oferenda a Mãe* tem de ser feita o quanto antes. Sayen, a mulher mais idosa da ilha, já está nos esperando. Os espíritos xamãs já a avisaram sobre a nossa chegada e da importância dessa cerimônia.

Chegando à Ilha da Lua, foram saudados por Sayen, que os levou a uma casinha à beira de um penhasco com uma vista incrível do lago. Lá foi realizada a cerimônia *Oferenda a Mãe*: Madhu foi oferecida à Mãe Terra como sacrifício, e o poder feminino passou para a jovem. A cerimônia, de quatro horas, terminou às onze da manhã, e o trio voltou para o barco. Madhu se sentia anestesiada pela cerimônia, tamanho seu poder.

– Temos menos de meia hora para repassar os procedimentos de mergulho. A cerimônia na Ilha do Sol começa ao meio-dia em ponto – disse Aisha, fazendo o barco partir em direção a Ilha do Sol.

A Ilha do Sol ficava a sete quilômetros de distância da Ilha da Lua. O tempo estava curto. Enquanto Aisha pilotava o barco, Willy passava instruções de mergulho para Madhu, mostrando-lhe os equipamentos de mergulho que estavam no barco.

Depois de importantes instruções de mergulho avivadas, Willy não pode deixar de notaro olhar apático de Madhu.

– Você está bem? – perguntou Willy, sinceramente preocupado com Madhu.

– A resposta dessa pergunta é óbvia, Will. Estou no corredor da morte, e em poucas horas vou morrer – disse Madhu, olhando tristemente para aquela bela paisagem do Lago Titicaca. – Sabe, estava estudando arquitetura. Meu sonho era ser arquiteta e começar a desenvolver projetos de casa ecológicas autossustentáveis. Nunca serei uma arquiteta. Nunca vou nadar com golfinhos, nem abraçar um urso panda. Nunca vou me casar, nem ter filhos. Nunca mais verei Shandi33, nem Shambala. Nunca! Eu entendo a importância desse sacrifício. Mas a tristeza é inevitável. Estou mais que decidida em cumprir minha missão. De qualquer forma eu iria morrer. Não é mesmo? Então que eu morra sendo útil.

– Eu juro, que se pudesse, faria este sacrifício em seu lugar, Madhu – disse Willy com sinceridade, sentindo consternação pelo inevitável sacrifício de Madhu. E o pior é que ele a levaria para a morte. – E não será o fim. É apenas o começo, sua alma continuará viva.

A Ilha do Sol estava próxima, o barco contornou uma grande rocha na água que tecnicamente podia ser considerada uma ilha. Não havia casas nem sinais de vida. Aisha ancorou o barco perto de uma saliência rochosa irregular.

Quando desembarcaram, Madhu observou que havia degraus que começavam na parte mais profunda da água e subiam pela encosta dessa colina. Subiram até chegarem ao topo onde havia uma área plana, circular, com uma vista esplêndida para o lago.

Bem no centro do grande círculo natural havia três índios xamãs usando trajes típicos cerimoniais. Will, Aisha e Madhu seguiram em direção a eles, que os aguardavam no centro do círculo. Esta seria a cerimônia onde o sistema patriarcal cederia espaço para o sistema de integração da Terceira Realidade tomar controle sobre a Terra.

Os três xamãs estavam bem diante de Willy, Madhu e Aisha. Porém, antes que a cerimônia pudesse começar, Aisha foi a primeira a perceber que estavam sendo cercados dentro do enorme círculo natural por diversos homens de preto altamente armados. Os xamãs não pareciam surpresos.

– *Lo sentimos mucho* – disse o xamã mais velho com olhar tristonho de resignação.

– Lúcifer descobriu! – disse Willy, assustado.

– Solicitar recuo! – gritou Aisha, que parecia usar o dorso da mão como telefone.

Willy se pôs em frente de Madhu para lhe servir de escudo. Mas os homens de preto começaram a atirar de todos os lados. Aisha lançava suas agulhas venenosas nos homens de preto e correu para atacá-los.

Madhu sentiu seu corpo queimar. Ela via um mar de sangue sendo espirrado diante de seus olhos como labaredas de fogo. Sentiu-se desfalecer e perdeu a consciência.

Capítulo 11

Madhu estava cativa numa grande câmara branca quadrada. Só havia Madhu no interior da câmara. Existiam cinco pequenos orifícios nela: um em cada parede e outro no teto. Somente pelos orifícios Madhu podia espiar com apenas um olho o mundo lá fora – uma paisagem. Essa era a sua realidade. Confinada e limitada a cinco minúsculos furos.

Um belo dia, por um dos pequenos buracos, viu um belo e imponente jovem com traje de cavaleiro medieval, que se aproximou do orifício.

– Olá! Tem alguém aí dentro? – perguntou o cavalheiro.

– Por favor, me ajude a sair daqui! – Madhu suplicou.

– Você está sonhando. Se eu tirá-la daí, deixará de ser um sonho.

– Eu não quero mais sonhar. Quero acordar!

– Então morra! Morra várias vezes. Só assim poderá acordar. Foi assim que eu saí da câmara.

Tempo cronológico no planeta Terra: 1º de novembro de 2019. Quatro dias terráqueos para o fim do mundo.

Madhu abriu os olhos curiosa para saber como era a vida após a morte. Porém, notou que estava no laboratório de Behosa com ele, Tarala e Capitão Mastara. Não acreditava que havia sobrevivido ao massacre.

– Não acredito que estou viva! O que aconteceu? – perguntou Madhu sobressaltada, sentando--se rapidamente sem sentir nenhuma vertigem.

– O pior que temíamos – disse Behosa. – Lúcifer descobriu os nossos planos. Conseguimos resgatá--la antes que seu corpo fosse totalmente destruído, incapaz de segurar sua alma. Você levou seis tiros, sendo dois deles em órgãos vitais. Mas, com nossa medicina avançada de Shandi33, conseguimos curá--la completamente – explicou Behosa.

– Acontece que demoramos um dia inteiro do tempo de Shandi33 para consertar seu corpo. O que significa que faltam apenas quatro dias terráqueos para o fim da vida no planeta Terra – explicou Tarala, com um semblante preocupado. – Agora estamos lutando contra o tempo.

– Willy e Aisha, estão bem? – questionou Madhu.

– Só é possível teletransportar uma pessoa de cada vez – disse Behosa. – Você foi a primeira a ser resgatada. Quando recuperamos Willy, não havia mais como salvá-lo. Armazenamos sua alma na Ala de Congelamento de Almas. Quanto à Aisha, ela está perfeitamente bem. Exterminou quinze homens de preto antes de ser resgatada.

Willy estava morto! E Madhu se sentiu derrotada por não ter conseguido cumprir a sua missão.

Sentiu-se impotente diante da situação. E nunca mais veria os meigos olhos verdes angelicais de Willy. Um guerreiro tão nobre, morto, sem chance de defesa. O choro começou a escapar de sua garganta. Seus olhos se encheram de lágrimas.

– E agora? – Madhu estava frustrada por chegar tão perto e não conseguir. Estava sentindo um nó na garganta e enjoo.

– Há tempos que estávamos buscando uma alternativa, prevendo a intervenção de Lúcifer – disse Tarala. – Um de nossos cientistas encontrou uma distante estrela consciente de suprema inteligência, que consegue se comunicar com a Fonte por intermédio do grande buraco negro do centro da Via Láctea. Essa estrela, com ajuda da Fonte, desenvolveu um projeto muito audacioso e arriscado. Mas não temos alternativa. Teremos de arriscar e colocar o projeto em prática sem antes mesmo testá-lo. É nossa última esperança.

– No que consiste esse projeto? – O interesse de Madhu era saber se voltaria à Terra para a missão do sacrifício.

Foi Behosa quem começou a explicar o projeto:

– Um feixe de laser especial vai penetrar o centro do planeta Terra através do polo norte e sair pela superfície do polo sul. O planeta Terra será envolvido por uma cápsula eletromagnética que projeta uma realidade paralela que irá recriar a realidade externa do espaço. Após isso, a Terra será deslocada, removida duas vezes da realidade original onde permanecerá provisoriamente armazenada. Isso protegerá a Terra da destruição e nos dará tempo para realizar o culto do sacrifício no fundo do Lago Titicaca.

– A Terra só pode ficar deslocada de sua origem por três dias terrenos. Depois disso, voltará naturalmente para sua origem no Universo. Enquanto estiver deslocada, estará também protegida do poder de Lúcifer, que perderá a Terra de vista até que consigamos completar a missão.

– No local de origem do planeta Terra estará apenas um campo de força magnético. Isso deixará nossos oponentes confusos por um bom tempo. Porém, é um projeto experimental, não temos garantia nenhuma que dará certo. É muito arriscado – explicou Behosa.

– Foi a Fonte que inspirou a estrela consciente em elaborar este projeto – disse Tarala. – Tenho fé que dará certo.

– *Não temos outra escolha. O laser já está pronto para ser disparado na Terra. Queremos saber se você, Madhu, está pronta para voltar à Terra e finalizar sua missão ainda hoje, em apenas uma hora de Shandi33?* – perguntou Capitão Mastara, impondo sua voz chiada na mente de Madhu.

– Mais do que pronta Capitão! Quem irá me acompanhar?

Todos sabiam que Madhu não conseguiria realizar a missão sozinha. Precisava de uma pessoa para realizar a cerimônia, ela era apenas a oferenda do sacrifício.

– Aisha e Govinda – disse Tarala. – Aisha você já conhece. Govinda é um grande guerreiro arcturiano. Os dois já estão lhe esperando na sala de teletransporte. Irão ser teletransportados diretamente na Ilha do Sol. Boa sorte, minha querida!

Todos se retiraram e Behosa acompanhou Madhu até a sala de teletransporte.

– Behosa, por que arriscaram a vida de Willy, se poderiam ter enviado um androide no lugar dele? – Madhu estava inconformada com a morte de Willy.

– Só um ser com alma pode realizar uma cerimônia xamã. Willy estudou profundamente xamanismo para poder fazer o ritual do sacrifício pela Terceira Realidade. Assim como Govinda, que também estudou muito para substituir Willy, caso algo desse errado – respondeu Behosa.

Aisha, Govinda e Madhu, nessa sequência, foram teletransportados para a Ilha do Sol. Caminharam não muito até chegar ao grande circulo natural, onde aconteceria a cerimônia de transferência de poder masculino para o poder da integração entre masculino e feminino.

Dessa vez, havia apenas um majestoso idoso índio xamã no centro do círculo lhes esperando num belo traje típico cerimonial xamã. Madhu lembrou-se que os três xamãs anteriores possivelmente estavam mortos. Ela sentiu um arrepio de medo em voltar naquele mesmo local onde quase morreu e onde Willy perdeu a vida.

Não havia nenhuma mancha de sangue no chão, era como se nada tivesse acontecido.

A cerimônia, realizada sem empecilhos, foi longa – durou quatro horas. E de lá partiram na embarcação inca que fora usada. O barco estava no mesmo local onde Aisha o havia ancorado. Os equipamentos de mergulho também.

Madhu permanecia calada por todo o percurso. Estava se concentrando ao máximo para que tudo desse certo. No trajeto até o ponto exato entre a Ilha Sol e a Ilha Lua, ela vestiu sua roupa de mergulho e se manteve meditativa.

O sol começaria se a pôr em breve. Madhu fez questão de observá-lo pela última vez. O lago estava tranquilo e, desde que chegaram, não viram ninguém além do índio xamã. Ao olhar para o sol, viu um segundo pequeno sol ao lado do maior.

– Dois sóis! – exclamou duvidosa. Pensou que talvez pudesse ser uma miragem ou algo semelhante.

– O segundo *sol* não é uma estrela. É Nibiru, que se aproxima da Terra, sendo iluminado pela luz solar.

– Nibiru?

– É um planeta artificial que possui grande órbita elíptica excêntrica que cruza perpendicularmente os outros planetas das órbitas do Sistema Solar a cada treze mil anos. A órbita de Nibiru passa entre Júpiter e Marte. A vida na Terra não sofrerá nenhum prejuízo com a passagem de Nibiru – explicou Govinda, enquanto preparava os equipamentos para o mergulho.

– Como o planeta Terra seria destruído se estivesse em seu local de origem?

– Ele não seria destruído. A vida na Terra seria dizimada pelo fogo. A tempestade geomagnética de nível extremo formaria um enorme filamento de plasma ejetado do sol com toneladas de matéria solar. O planeta está com o campo magnético enfraquecido pela inversão polar. No momento em que a enorme matéria solar tocasse o planeta, o mesmo seria incendiado.

– A Confederação Intergaláctica Estelar está lançando feixes no sol contendo substâncias especiais para diminuir a intensidade das tempestades geomagnéticas. Em breve, a inversão de polaridades do planeta será concluída e ele não estará mais sofrendo ameaças do Sol.

Madhu foi abrangida por um sentimento de arfagem e medo. Não podia falhar. Era muita responsabilidade em suas mãos. Respirou fundo várias vezes para manter-se calma.

Aisha ancorou o barco no ponto exato do lago entre a Ilha do Sol e a Ilha da Lua. Um feixe de luz azul bem sutil saía de dentro da água naquele exato ponto.

Os três vestiram suas roupas e equipamentos de mergulho. Estavam prontos.

– Você gostaria de dizer algo antes de mergulharmos, Madhu? – perguntou Govinda, gentilmente. Seriam as últimas palavras dela.

– Sim. – Respirou fundo e soltou o ar lentamente antes de falar. – Deixarei meu último desejo para que o vento o leve para os quatro cantos do mundo. Desejo que a Terceira Realidade acenda a chama da luz no coração de todos os terráqueos, para que sejam capazes de construir a Terceira Realidade baseada no amor e na verdade.

Govinda fez uma reverência em respeito ao último desejo de Madhu. Aisha parecia impaciente.

– Hora de mergulhar! – disse Aisha, apressando Madhu e Govinda.

– Desejo-lhe sorte, pequena sementinha Madhu. Que sua alma encontre paz onde quer que vá – disse Govinda, em respeito ao sacrifício de Madhu.

– Obrigada, Govinda! Obrigada, Aisha! Vamos logo começar uma Nova Era!

Os três pularam na água. Estava muito fria. Madhu se manteve muito determinada e se esforçou ao máximo para ignorar o frio e o medo. Govinda ajudou Madhu no seu primeiro e último mergulho.

A última cerimônia foi realizada no Templo da Mãe Terra no fundo do Lago Titicaca. A rocha triangular com escrituras antigas que cerrava o portal de acesso a *Kundalini* da Terra começou lentamente a se deslocar, com naturalidade, como se estivesse deslizando na fofa areia do fundo do lago, e caiu. Um feixe de luz azul surgiu de dentro do portal – ele estava aberto. Madhu se concentrou numa meditação e sozinha atravessou o portal.

Madhu sentiu seu corpo sendo sugado pela luz. E o portal se fechou. A luz se apagou, deixando Govinda e Aisha novamente no escuro, enquanto Madhu fundia seu DNA com o DNA da Mãe Terra.

Ainda consciente, Madhu sentiu o enorme poder e amor da Mãe Terra em seu coração. A Mãe Terra estava sonhando um sonho real. Um sonho onde tudo que existia era o sonho da Fonte. A Fonte dormia no coração da Mãe Terra. Madhu penetrou o coração da Mãe Terra. E, unida à Fonte, começou a sonhar o sonho da Fonte. O sonho da gênesis da Terceira Realidade.

Capítulo 12

– Madhu! Sua mãe veio buscá-la – disse a suave voz de sono profundo do planeta Terra.

– Não! Eu não quero voltar! Deixe-me ficar? Quero continuar sonhando no coração da Fonte com você. Por favor, Mãe Terra? – suplicou Madhu.

– Lamento, pequenina sementinha. A Fonte resolveu sonhar com você. Nada posso fazer – disse o planeta Terra, com sua suave voz de sono.

– Eu não quero voltar! É tão bom aqui no seu útero, Mãe Terra. Eu me sinto protegida, amada. Nunca senti uma paz tão profunda assim. Aqui é tudo perfeito. Lá fora é tão...horrível!

– Exatamente por isso precisa voltar. Você continua sendo a chave para a Terceira Realidade.

– Já plantamos a Terceira Realidade. Ela está crescendo. Por que não posso ficar?

– A Terceira Realidade agora é só um broto. Ainda precisa de proteção e cuidados. E existe uma ameaça contra a Terceira Realidade. Só você pode ajudar.

– Madhu! Madhu! Acorde, minha filha!

Madhu abriu os olhos. Não estava mais unida à Mãe Terra. Fora arrancada do coração-útero da Mãe Terra. Queria ter ficado unida a ela. Agora se sentia novamente separada da Fonte de Amor, com medo, tristeza e dor.

– Madhu, você está bem?

Madhu ficou surpresa e feliz ao ver sua mãe, Débora, viva, lhe acordando como na sua infância, quando precisava levantar para ir à escola.

– Mãe! – Madhu abraçou sua mãe. – Você está viva!

– Claro que sim! Estamos no reino espiritual, na Colônia Raios do Amanhecer. Você foi trazida para cá há meses. Você não queria acordar, e seu médico orientou deixá-la descansar. E hoje recebemos orientação para acordá-la. Eu, seu pai e Natasha estávamos ansiosos para que você acordasse logo. Moramos nesta casa. Só estava faltando você.

Era uma bela casa. Construída com paredes de vidros, em frente a um lindo mar iluminado pelo pôr do sol. No mar, golfinhos brincavam saltitando, e gaivotas voavam alegremente.

– Onde eles estão? – perguntou Madhu, se referindo ao pai e à irmã.

– Podem entrar! – disse a mãe de Madhu.

Seu pai César e sua irmã Natasha entraram no quarto, e Natasha se jogou na cama para abraçar Madhu. Os quatro se abraçaram, riram e choraram juntos. Estavam muito felizes.

– Estamos muito orgulhosos de você, minha filha – disse César.

– Vocês souberam o que eu fiz? – questionou Madhu, curiosa para saber se eles sabiam de sua missão, o sacrifício.

– Claro! Você é uma grande celebridade por todo o reino espiritual da Terra – informou Natasha. – Queria tanto que você ficasse! – resmungou. – Sinto tanto sua falta! Tenta convencê-los a deixar você ficar, Madhu?

– Natasha! – exclamou seu pai com tom de desaprovação.

– E por que eu não ficaria com vocês? – perguntou Madhu.

– Uma extraterrestre veio buscá-la – disse Natasha, chateada. – Você poderia estudar arquitetura aqui, sabia? Na Universidade de Arquitetura da Geometria Sagrada. Não fica tão longe.

– Sério? Seria o máximo, Tasha! – exclamou Madhu, feliz, extasiada com toda a sua família novamente reunida.

A morte nunca lhe pareceu tão ilusória e fugaz. Sentia-se muito mais viva que nunca. Viva e feliz, numa linda casa com uma bela vista para o mar. Tudo parecia muito mais real que quando encarnada no planeta. Porém, depois de experimentar a lucidez do sonho da Fonte, qualquer coisa fora dela seria apenas um ilusório e fugaz sonho.

– Todos nós queríamos que você ficasse, minha filhota – disse César. – Mas fomos orientados pela hierarquia espiritual superior em deixá-la ir. Você tem uma nobre missão pela frente.

– Esta casa sempre será nosso ponto de encontro. Nosso lar! – disse Débora.

– Outra missão? Quem foi que veio me buscar? – inquiriu se levantando da cama com a ajuda do pai, que segurava seu braço.

– Ela se chama Tarala Shanata. Deve ser alguém muito importante. Disseram que é grande amiga do Arcanjo Miguel – respondeu sua mãe.

– Tarala está no mundo espiritual? Ela saiu do corpo físico? – perguntou Madhu, alarmada.

– Algumas pessoas conseguem sair do corpo físico em meditação e, enquanto seu corpo físico repousa, realiza viagem astral até o Reino Espiritual. Parece que eles ainda precisam de você. É raro aparecerem por aqui – disse Débora, com tristeza no olhar.

Tarala aguardava a família na grande sala iluminada pelo pôr do sol. Ela estava linda e radiante no seu longo vestido branco. Na cabeça, uma delicada joia com fios de diamantes, que penetravam em seus lindos e longos cabelos loiros acinzentados.

– Tarala! – exclamou Madhu, feliz em vê-la.

As duas se abraçaram. Era como ter todas as pessoas que mais amava finalmente unidas. Não queria que aquele momento acabasse nunca.

– Vim buscá-la, minha amada e doce sementinha. Vou levá-la de volta para Shandi33. Ainda precisamos de você.

– Como assim me levar de volta? Vou nascer como um bebê híbrido em Shandi33? – questionou Madhu, bem ciente que estava sem um corpo físico.

– Pensei numa coisa mais prática. Você irá ser a segunda alma a testar viver num corpo androide. Ainda é um projeto experimental em fase de teste. Apesar de querer muito ficar com sua família e matar a saudade deles. Madhu queria ainda mais voltar a Shandi33. Adorava poder ser cobaia de projetos audaciosos. Seu lugar era a bordo de Shandi33. Ela sentia isso, no fundo do coração.

– Estou pronta, conselheira! Pronta para tripular Shandi33 – disse firmemente, totalmente decidida.

– Não sou mais sua conselheira, Madhu. Agora você é mestre de si mesma. Agora sou sua amiga. Mas Madhu sentia que elas eram muito mais que amigas.

Depois de longas despedidas, com a certeza de que seus pais e sua irmã iriam ficar bem e que um dia voltaria a visitá-los, Madhu partiu a bordo de uma *mer-ka-ba*, uma nave usada no plano espiritual, rumo a Shandi33.

– Quando chegarmos em Shandi33, terei de congelar sua alma na Ala de congelamento de almas. Ficará congelada até que o corpo androide esteja ajustado e pronto para receber sua alma – explicou Tarala.

– Tudo bem. Confio em você! – Sabia que Tarala jamais lhe faria mal algum. – Como estão as coisas no planeta Terra depois da criação da Terceira Realidade? – perguntou, curiosa.

– O planeta Terra está no ano de 2035. Você passou um bom tempo dormindo no coração dele. Um descanso merecido.

Madhu estava surpresa. Parecia ter dormido tão pouco, como um cochilo depois do almoço.

– Durante esse tempo, o sistema financeiro dos terráqueos mudou completamente – o antigo sistema faliu por completo, surgindo o sistema de recompensas. A pessoa é recompensada cada vez que pratica o bem ao próximo, é a nova moeda de troca, a filantropia. O petróleo foi substituído completamente por fontes de energias limpas. Todas as moradias são autossustentáveis. Não existe mais fome, nem presídios...

– Mas como é possível? Todas as moradias são autossustentáveis? E para onde vão os criminosos? – perguntou Madhu, surpresa com uma grande mudança tão rápida.

– Em 2020, quando a Terceira Realidade terminou de envolver todo o planeta Terra, uma pandemia global matou mais de três bilhões de terráqueos. Foi um momento muito caótico que durou dois anos. Foi uma pandemia viral psicossomática que penetrava somente em corpos incompatíveis com a vibração de amor ao próximo. Não havia para onde fugir – explicou Tarala.

Madhu ficou preocupada com Ed. Mesmo acreditando que Ed não havia sido contaminado, se preocupou, imaginando o caos pelo qual ele passou.

– E, depois do caos, veio a ordem. Atualmente, as cidades grandes estão completamente desérticas.

Ninguém mais mora em cidades grandes. As pessoas migraram para locais mais próximos da natureza e do ar limpo para tentar fugir da pandemia. Vivem no campo, ou em pequenas cidades de interior. Todos cultivam plantações e dividem seus plantios entre eles. Depois da pandemia, ninguém mais pôde comer carne. Toda carne era hospedeira do vírus que causou a pandemia mundial – disse Tarala.

– Uma utopia que se tornou realidade! – Madhu estava feliz e, ao mesmo tempo, um pouco incrédula. – O que aconteceu com as almas que não sobreviveram à pandemia?

– Foram levadas para outros planetas primitivos em fase de *expiação*. Assim que a Terceira Realidade se expandir por toda a nossa Galáxia, essas almas infantis em fase de *expiação* terão a oportunidade de evoluir sem o atraso, muitas vezes provocado pela ganância de criaturas luciferianas tecnologicamente avançadas que acabam por escravizar e, indiretamente, se alimentar de almas mais primitivas. Quando a Terceira Realidade entrar em vigor, a evolução será muito mais rápida e muito menos penosa.

A *mer-ka-ba* pousou na Ala2, a Ala de congelamento de almas. Lá, havia incontáveis tubos cilíndricos transparentes. Cada tubo continha uma alma. Por estar no mundo espiritual, Madhu podia ver as almas congeladas dentro dos tubos. Porém, na fisicalidade não era possível vê-las.

– Por que essas almas estão congeladas? – Madhu perguntou curiosa.

– Cada alma possui uma história, uma razão por estar congelada. A maioria delas já está pronta para retornar à Fonte. Mas somente juntos poderemos retornar à Fonte. Então, elas optaram em esperar congeladas.

– Quanto tempo ficarei congelada? – perguntou Madhu.

– O tempo é muito relativo. Para você, vai parecer que passou menos de um segundo. Para Shandi33, aproximadamente três dias.

Um humano siriano puro, usando uma túnica branca de cientista, entrou na grande Ala de congelamento de almas. Ele parecia não vê-las. Mas podia senti-las. Aproximou-se de Tarala e fez uma reverência num cumprimento respeitoso.

– A cápsula atemporal está pronta – disse o suposto cientista. – Assim que o *espectrum* identificar Madhu no interior da cápsula, o processo de congelamento será iniciado.

Então, o suposto cientista se aproximou de uma tela holográfica que estava ao lado de um cilindro vazio, aberto, e começou a observar as informações da tela.

– Venha! – chamou Tarala. – Rúsvio e *espectrum* estão lhe esperando.

– Rúsvio e o quê?

– Rúsvio é o cientista gerente da Ala2. Todos os cientistas dessa Ala têm a capacidade de se comunicar telepaticamente com almas desencarnadas. E alguns, como Rúsvio, também podem sentir a presença de almas desencarnadas presentes no mesmo espaço. *Espectrum* é uma das inteligências artificiais de Shandi33, é nossa ponte de comunicação com o mundo espiritual.

Tarala parou ao lado da abertura da cápsula atemporal. – Não tenha medo! Pode entrar! – disse, indicando com um gesto delicado das mãos para que Madhu entendesse que deveria entrar na cápsula. – Nós nos veremos muito em breve, minha querida.

Madhu entrou na cápsula atemporal, que se fechou. Só então se deu conta de que, quando acordasse, estaria num corpo androide.

– Como vai ser meu corpo? – perguntou Madhu apressada, pávida.

Mas era tarde demais para obter uma resposta. Uma densa fumaça se formou no interior da cápsula atemporal. Sua alma se congelou imediatamente após sua pergunta.

Capítulo 13

Dessa vez, Madhu não sonhou. Afinal, sua alma estava congelada. Acordou sóbria, totalmente lúcida, nem um pouco confusa. Parecia que tinha acabado de entrar na cápsula e sabia que estava num corpo androide, pois sentia um corpo estranho.

Deitada numa espécie de mesa metálica, aparentemente estava na Cidade Robótica da Ala13 ao observar as grossas paredes de vidro. Ao seu lado estava um garoto magro e alto, aparentava ter no máximo quinze anos, e se movia de forma desengonçada.

Madhu estava usando um macacão preto justo no corpo com o símbolo de dodecaedro dourado no peito. Ela se sentou rapidamente, sentia seu corpo leve, forte e flexível. Era a primeira vez que não sentia tontura ao se sentar após acordar num local estranho. Sentia-se ótima, bem até demais. Não sentia fome, nem sede, nem dor.

Estava vendo cores que nem sabia que existiam. O que antes lhe parecia tudo branco ou transparente agora havia ganho novas cores indescritíveis, e um arco-íris de fumaça dançava no interior dos vidros.

Via diante seus novos olhos um mundo fantástico, completamente novo.

Ela se distraiu observando os milhões de micro--organismos presentes no local. Sentia o cheiro de tudo, e sua audição estava tão aguçada que conseguia ouvir barulhos a quilômetros de distância – tinha a capacidade de escolher o foco de sua audição.

– Vai com calma, você está usando uma arma de guerra destrutiva. Fica aí sentada, vou checar seu estado emocional – pediu o garoto. – Ah, eu sou Boston, construtor e programador do seu novo corpo – disse com sua voz levemente fanha.

Madhu passou as mãos pelo seu novo corpo curvilíneo e em sua longa trança embutida. Havia algo de familiar naquele corpo.

Percebendo que Madhu estava curiosa com sua nova aparência, Boston fez com que uma das paredes de vidro ficasse espelhada para que Madhu visse seu reflexo.

– Imagino que esteja curiosa para se ver. E não precisa me agradecer – disse Boston.

Foi então que Madhu se viu. Ela estava no corpo da Aisha! Ela e Aisha agora eram uma só.

– Você me colocou no corpo da Aisha! – exclamou, admirando sua nova imagem. Não estava reclamando, mas surpresa. Se pudesse escolher, escolheria exatamente aquele corpo. O corpo da boneca Barbie guerreira imortal.

– Não foi ideia minha. Eu prefiro a Aisha sem alma – disse Boston. – Você fará parte da Ala 9, a

Ala de Segurança Intergaláctica. Este era o melhor androide da segurança intergaláctica que tínhamos. Um desperdício, em minha opinião.

– Ei, calma! Vou cuidar bem do brinquedinho que você criou. Prometo! – disse Madhu, muito feliz e animada. Ansiosa em testar seu novo corpo, ficou em pé, se sentindo muito alta e leve.

– Mais respeito, criatura! Eu sou mais velho que você e criador do seu corpo. É por isso que prefiro androides sem alma. E senta aí, ainda não terminei – disse Boston.

Madhu obedeceu e se sentou impaciente. Queria logo sair e testar os limites de seu novo corpo.

– O que você está fazendo ao digitar todos esses códigos? – perguntou Madhu, ao observar que Boston teclava numa tela holográfica aberta na frente dele.

– Estou terminando de bloquear alguns recursos mortais que instalei em Aisha. Por uma questão de segurança, até termos certeza que você é confiável.

– Como as agulhas venenosas que atiro pelo pulso? – perguntou retoricamente, olhando para seu pulso.

– Isso também. Fica quietinha. Estou quase terminando.

– Por que não transferiu em minha mente as memórias da Aisha? Não seria possível? – perguntou Madhu, ao perceber que só tinha as memórias dela e mais nada.

– Bem que eu queria! Seria muito mais fácil. Mas Behosa disse para eu preservar a sua identidade da melhor forma possível. Você deixaria de ser uma simples garota terráquea imatura se eu mantivesse as memórias de Aisha nesse corpo.

Madhu balançava as pernas impaciente.

– Já estou sentido saudades da Aisha. Pare de se mexer! – ordenou Boston. – Já vai acabar.

– E para onde vamos depois? – perguntou Madhu, parando de se mexer.

– Para a sala de treinamento, fazer alguns testes, ensiná-la a usar o corpo. E, como você é um androide em fase de teste, nem pense em sair por aí sozinha! Ainda mais com essa personalidade instável. Não me esqueci de quando você espancou o Niki.

– Falando em Niki... Fez um ótimo trabalho! Ele me enganou direitinho – disse com sarcasmo, lembrando-se que foi Boston quem o programou para o trabalho de iludi-la.

– Eu sei, sou o melhor – respondeu Boston, parecendo não ter entendido o sarcasmo de Madhu.

Boston finalizou os últimos ajustes. E seguiram juntos para a Ala 9, que ficava numa das pontas da Shandi33. O grande teto da Ala 9 era transparente, oferecendo uma incrível imagem real do espaço. A iluminação vinha das paredes e do chão branco.

Madhu foi apresentada para a Comandante da Segurança Intergaláctica, que era uma reptiliana humanoide com cabeça de lagarto.

– Esta é Shavanna – Boston apresentou. – Ela é Comandante da Segurança Intergaláctica. Você vai trabalhar para ela – disse, virando-se para Shavanna. – Já fiz o meu trabalho, agora é com você, Shavanna. Qualquer problema, mande ela de volta.

– *Seja bem-vinda, Madhu* – disse Shavanna, telepaticamente, fazendo uma reverência em respeito.

Foi só então que Madhu soube que, com seu novo corpo, seria capaz de se comunicar telepaticamente com grande naturalidade.

– *Obrigada* – respondeu telepaticamente, retribuindo a reverência.

Shavanna ensinou Madhu a saltar de uma altura de mais de vinte metros, a cuidar e manter o corpo carregado e saudável. Ensinou-lhe alguns golpes de defesa, e testaram sua força.

Madhu estava se divertindo muito. Estava se sentindo uma *super-heroína* da liga da justiça. E não se cansava nunca.

Depois de horas de treino, Shavanna chamou Madhu para conhecer quem seria seu parceiro. Todo guerreiro intergaláctico tinha de ter um companheiro para lhe servir de apoio. Assim como Govinda era parceiro de Aisha. Madhu acreditava que seu parceiro seria Govinda.

Entraram numa sala semelhante a um escritório com uma enorme parede transparente com vista para o espaço. Era o escritório de Shavanna. Tinha alguns sofás confortáveis, mesa de centro e algumas esculturas de répteis, como dragões e serpentes.

Niki estava sentado no sofá e levantou-se assim que Shavanna e Madhu entrarem.

– Ah, não! O que o *Niki* está fazendo aqui? – perguntou Madhu, incrédula.

– *Ele é seu parceiro de trabalho* – respondeu Shavanna.

– O quê?! Um robô psicopata jardineiro? Isso é alguma piada? – Madhu perguntou irritada.

– Calma, Madhu! Sou eu, Will – disse Niki.

Madhu pareceu confusa, então Shavanna explicou.

– *A alma do Willy foi colocada no corpo androide Niki. Willy foi a primeira alma a testar essa nova tecnologia. Foi ele quem escolheu o corpo Niki. Vou deixá-los a sós enquanto vou falar com Boston e já volto* – explicou Shavanna, caminhando até uma porta que se abriu dando acesso a outra sala. Assim que atravessou a porta a mesma se fechou.

– Will? – Madhu perguntou confusa.

– Desculpe, Madhu! Eu sei que não teve uma boa experiência com Niki. Mas tive um bom motivo para escolher esse corpo.

– Will, é você mesmo? – Madhu já havia sofrido uma vez em acreditar no Niki, estava com receio. Mas, no fundo, sabia que Shavanna não teria mentido. E o androide à sua frente tinha um olhar meigo e *vivo*, bem diferente do olhar de Niki.

– Estou nesse corpo androide, mas continuo sendo o Will.

Madhu estava com vontade de abraçar Willy e dizer que sentiu saudades, mas sentia que seria estranho abraçar o corpo de Niki. Ela ainda sentia certa atração e raiva por aquele corpo. Ela sabia que aquele androide era Willy, sentia a presença protetora dele por detrás dos olhos do Niki.

– Não poderia imaginar um parceiro melhor que você, Will – disse de forma comedida.

– Será uma grande honra trabalhar com você, Madhu. – disse, com um charmoso sorriso.

– Sabe por que me trouxeram de volta? – perguntou Madhu, se sentando num dos sofás enquanto Willy se sentava em outro, ao lado.

– Lúcifer ameaça destruir a Terceira Realidade. Haverá uma importante reunião hoje no fim da tarde, no auditório do congresso com Capitão Mastara. Nessa reunião vão nos explicar exatamente qual a nossa missão. Eu também não estou a par de tudo.

Era muito estranho para Madhu olhar nos olhos do Willy, estando ele no corpo de Niki. Era como ver uma fagulha do antigo Niki por quem ela se apaixonou. Iria tomar todo o cuidado possível para não cair novamente na armadilha da paixão.

– Lamentei muito sua morte, Will. Quero dizer, pela morte do seu corpo humano. Fico feliz que já esteja de volta – disse Madhu.

– Também lamento muito pela morte de seu corpo humano. E fico feliz por não ter sido eu a levá-la ao fundo do lago para ser sacrificada – disse Willy. – Como está se sentindo num corpo androide?

– Está brincando!? Isso é o máximo! É o sonho de toda garota ter um corpo de boneca Barbie *super-heroína* imortal. Nunca me senti tão bem! Só queria que Boston tivesse mantido as memórias de Aisha – disse Madhu.

– Confia em mim, Madhu, você não iria gostar nem um pouco das memórias de Aisha – disse Will, que conhecia o histórico mordaz assassino de Aisha e seu caso bizarro com Boston.

Shavanna entrou no escritório interrompendo a conversa de Willy e Madhu, que se levantam em um gesto de respeito pela Comandante.

– *Madhu, Boston aconselha você dormir por três horas para recarregar sua bateria. Teremos uma longa noite pela frente, terá aulas de pilotagens em nove espaçonaves diferentes e, em seguida, a reunião da Confederação Intergaláctica Estelar. Willy, leve Madhu para conhecer a dependência onde ela irá morar na Ala 9* – disse Shavanna, telepaticamente.

– Sim, senhora. Vamos, Madhu! – chamou Will, indicando com o braço para que Madhu seguisse na frente.

Os androides não dormiam, eles apenas ficavam inertes durante algumas horas por dia para recarregar seu reservatório de energia. Sua fonte de energia provinha do nitrogênio presente no ar. Por isso o androide respirava, precisava inalar nitrogênio necessário para seu funcionamento. Tinham capacidade de acumular nitrogênio em reservatório interno e podiam ficar sem respirar durante uma hora – respirando continuadamente, a energia de um androide podia durar até vinte horas.

No caso de um androide com alma, enquanto o corpo ficava inerte para recarregar seu reservatório de nitrogênio, a alma dormia para descansar a mente. Exatamente como um humano, a mente da alma necessitava dormir no mínimo quatro horas por dia.

– Bom, esperava morar em Shambala, com a Liv – disse Madhu assim que saíram no corredor e a porta se fechou de cima para baixo nas suas costas.

– Lamento. Todos que trabalham na Ala9 de Segurança Intergaláctica moram aqui.

– Será que dá tempo de fazer uma visitinha rápida para Liv, hoje?

– Não acho que seria prejudicial meia hora a menos de sono. Vou checar com Boston – avisou Willy.

A Ala9 parecia uma nave mãe alienígena ultramoderna. Diferente da Ala11, de Shambala, que era uma cidade, fazendo com que parecesse irreal estarem dentro de uma nave.

Atravessaram diversos corredores com várias portas, e Willy parou diante uma porta com um painel ao lado.

– Coloque a palma de sua mão direita no painel – pediu Willy. – Só você pode abrir sua dependência de descanso.

Madhu fez o que Willy pediu e a porta se abriu de baixo para cima.

O quarto não era grande. Ao fundo, a parede era transparente, oferecendo uma bela vista do espaço estrelado do lado de fora. As demais paredes irradiavam luz, o teto e o chão eram brancos semelhantes ao mármore. Havia um sofá de leitura branco com uma mesa acoplada, uma cama redonda bem alta com uma escada de três degraus ao seu lado e uma porta que dava acesso a um pequeno banheiro.

Will ensinou Madhu ajustar a iluminação e, depois, mostrou como utilizar o insólito banheiro.

– Coloque seu despertador interno para lhe acordar daqui três horas. Caso tiver permissão para visitar sua amiga, venho buscá-la e acordo você com mensagem telepática – disse Willy. – Caso contrário, ao acordar, siga o corredor à direita até ver uma grande escultura de serpente dourada. Então vire à esquerda, siga reto até chegar ao campo de treinamento. Estarei lá treinando. Iremos juntos à reunião.

Os androides tinham um despertador interno. Bastava pensar no horário que queriam acordar para ativar o despertador. Uma das muitas vantagens de ser androide é não precisar sentir sono para dormir – é só enviar uma mensagem mental ao computador central para o corpo ficar inerte e sua alma entrar em sono profundo automaticamente. Madhu deitou-se na cama sem ao menos tirar suas botas. Estava ansiosa e, quanto antes dormisse, mais rápido o tempo passaria.

Capítulo 14

Aquilo definitivamente era outro mundo, num outro tempo. Madhu vislumbrava a bela natureza de um lugar mágico onde gnomos curiosos lhe espiavam atrás de árvores, fadas cantavam e encantavam entre as inúmeras flores coloridas de fragrâncias delicadas.

Madhu maravilhou-se ao ver um belíssimo unicórnio branco, majestoso, correndo entre as árvores com sua suntuosa crina sendo elegantemente jogada ao vento. Sua pureza e beleza eram cativantes. Madhu, com muita paciência, doçura e delicadeza, cativou o belo unicórnio, que se tornou seu mais fiel amigo e companheiro.

Um belo dia, quando Madhu colhia doces frutas para seu amigo unicórnio, Willy apareceu. Ele estava em seu antigo corpo ariano.

– Willy! – Madhu ficou feliz e surpresa ao ver seu amigo Willy.

– Olá, Madhu! Eu vim até aqui para informá-la que tudo isso é só um sonho. Um sonho que a aprisiona num estado de ilusão descomedida. Vim lhe oferecer a escolha. Terá de escolher entre continuar vivendo uma ilusão ou despertar para a realidade.

– Eu sempre desejei a realidade por pior que fosse. Eu quero a verdade. Sempre! – disse Madhu, decidida.

– A única forma de se libertar desse sonho é matando o unicórnio. É ele quem a prende nesse mundo de ilusões. Só matando o unicórnio poderá sair daqui.

– Não! – exclamou, inconformada com o fato. Nada para ela seria mais difícil que matar seu companheiro unicórnio, quem cativou com tanto amor.

Chorando, com profunda dor no coração, Madhu continuava decidida a não viver mais na ilusão. E, se tudo era apenas uma ilusão, a morte do unicórnio faria parte apenas de um pesadelo.

Na noite escura de Lua Nova, enquanto o unicórnio dormia, Madhu o atacou, cravando uma adaga em seu coração. Sentiu a pureza se esvair do próprio coração com a vida do unicórnio, cujo chifre se apagara, para sempre.

Logo após a morte do unicórnio, Willy aparece.

– E agora o que vai acontecer? – perguntou Madhu, definhada pela profunda tristeza na alma.

Willy retirou sua máscara, revelando a verdadeira face. A face de Niki!

– Humana ingênua! Nunca aprende! – disse Niki, com um sorriso cruel nos olhos. – Nem sabe distinguir ilusão de realidade – disse, soltando uma gargalhada sombria. – Só a alma de uma donzela pura conseguiria se aproximar de um unicórnio. A morte do unicórnio dá início a grande era de trevas

que se iniciou por suas mãos. Pelas mãos de minha doce Kally.

– Madhu, acorda! Sou eu, Will. Estou esperando você do lado de fora.

Madhu recebeu a mensagem telepática de Willy. Rapidamente abriu os olhos, sentindo uma angústia pelo sonho que teve. Levantou-se e abriu a porta.

– Isso quer dizer que vamos à Shambala? – supôs Madhu animada, assim que abriu a porta.

– Temos pouco tempo, então é melhor andar rápido – disse Willy.

Seguiram viagem com uma nave estrelada até Shambala, onde pegaram uma *vinamaxi*, que pousou em frente à antiga casa que Madhu provisoriamente dividiu com Liv.

– Espero você aqui. Tem quinze minutos – avisou Willy, sem descer da *vimanaxi*.

A casa não tinha campainha. Madhu bateu à porta. Ia se virar para perguntar a Willy se Liv sabia que ela estava num corpo androide. Mas, antes que perguntasse, a porta se abriu.

– Kōī samasyā hai? – perguntou Liv, num idioma que Madhu não conhecia.

– Sou eu, Liv. Madhu! – disse, ao perceber que Liv ainda não sabia que Madhu estava num corpo androide.

– Yaha burā majāka kī taraha yaha kyā hai – disse Liv, irritada.

– Será que dá para traduzir? E esperava uma recepção melhor. Afinal, sou sua inspiradora. Lembra?

Nisso, Bastet saiu da casa para se roçar nas pernas de Madhu, se esfregando de um lado para o outro.Ela ronronava alegremente.

– Madhu! – exclamou Liv, aturdida. Ela soube que aquela androide era Madhu, porque Bastet, sua gata preta mal-humorada, não se esfregava em qualquer um. Muito menos em androides sem alma.

– Não vai me convidar para entrar? – perguntou Madhu, feliz em ver Liv.

– Como é possível? Então, é *você* a alma que está testando viver num corpo androide? – Liv estava empolgada e muito surpresa.

– Euzinha, dá para acreditar? – disse Madhu.

– Madhu! – Liv abraçou Madhu. – Não acredito que você virou cobaia do Boston. Esse povo gosta mesmo de usá-la como ratinha de laboratório. Isso é incrível!

– Parece que vou trabalhar para o setor de Segurança Intergaláctica. Hoje vou aprender a pilotar algumas naves. Por isso, não posso demorar, estão me esperando – disse Madhu, apontando com a cabeça na direção de Willy.

– Não sei se você se lembra, Madhu. Mas o Niki não é uma boa companhia para você.

– Não é o Niki, é o Will... Willy. Ele está usando o corpo do Niki. É meu parceiro agora.

– Estava com saudade das ironias que a rodeiam. Isso é tão emocionante! – disse Liv, puxando Madhu pela mão para que entrasse.

As duas se sentaram no sofá. Bastet pulou no colo de Madhu, que a acariciou com carinho. Madhu contou tudo o que lhe aconteceu depois que deixou Shandi33. Liv não havia mudado muito, continuava com cara de adolescente, apenas estava um pouco mais alta e magra.

– E, por aqui, como estão as coisas? – quis saber Madhu.

– Bem, deve imaginar... Depois que nos informaram sobre a grande decisão, essa cidade virou uma loucura – disse Liv.

– Grande decisão? – perguntou Madhu, que não sabia sobre o que Liv estava falando.

– Então ainda não está sabendo? Todos os híbridos da Shandi33 estão sendo preparados para viver no planeta Terra. Parece que o plano sempre foi esse, e só agora nos informaram. Querem que nos acasalemos com terráqueos para ter o maior número de filhos possíveis e ajudá-los a construir uma nova sociedade, semelhante à nossa. Os terráqueos estão com dificuldades para ter filhos e parece que nós, híbridos, somos a solução de vários problemas. Só de imaginar eu grávida de um terráqueo... é assustador! Não estou nem um pouco animada. Mas a maioria dos híbridos está muito animada. Afinal, vai ser a primeira vez que sairemos de Shandi33 para nunca mais voltar. Vai ser uma grande aventura.

– E se você não quiser? Não tem escolha? – inquiriu Madhu.

– Você continua ingênua, Madhu. Depois de tudo o que passou, não mudou muito.

Willy apareceu na porta para avisar Madhu que precisavam ir. Ela se levantou para se despedir de Liv.

– Espera, é rápido. Só quero mostrar uma coisa – disse Liv, que subiu as escadas correndo e logo voltou com um quadro. – Quero que veja essa tela. Pintei inspirada em você.

Na pintura, uma garota com cabelos alaranjados estava nua, deitada abraçada com uma serpente-dragão vermelha com cabeça de demônio. A garota envolvia a serpente-dragão com suas longas pernas brancas. A postura da garota e da criatura indicava que estavam num êxtase de prazer. Os braços brancos da garota de cabelo laranja envolviam a serpente-dragão com desejo e paixão.

– Liv, isso é... nojento! – Madhu não achou outra palavra para descrever aquela pintura. Não fazia a menor ideia do que significava. Só tinha certeza que jamais faria sexo com uma serpente-dragão com cabeça de demônio.

– Eu sei. Ficou incrível, não é mesmo!? Nem tive coragem de vender – disse Liv, admirando sua obra de arte.

– Preciso ir, Liv. Espero vê-la novamente em breve.

– A gente vai sempre acabar se encontrando por aí, Madhu. É nosso *karma*. Boa sorte na guerra. Acaba com o Lúcifer! – disse Liv, dando um abraço de despedida em Madhu. – Adorei seu novo corpo, mas preferia o cabelo laranja.

Depois de Madhu se despedir de Liv, Willy a levou para o campo de simuladores de espaçonaves, onde Shavanna os aguardavam.

Os três entraram em um simulador e se acomodaram nas poltronas da suposta cabine de controle. Willy começou a passar instruções de voo para Madhu e lhe ensinou a comunicação telepática com o metal Keshi, material o qual a maioria das espaçonaves era construída.

Shavanna observava e só quebrou o silêncio na hora de se retirarem para a importante reunião. – *A reunião da Confederação começa em breve. Temos de ir* – disse Shavanna telepaticamente. – *Willy, acompanhe Madhu até o grande auditório. Vejo vocês lá.* – E saiu do simulador.

Madhu e Willy finalizaram o treinamento e seguiram ao auditório para a importante reunião da Confederação Intergaláctica Estelar.

No centro do auditório circular, estavam sendo transmitidas imagens holográficas de outros auditórios de conferências de outras naves da Confederação Intergaláctica Estelar.

Madhu e Willy sentaram-se próximos a Shavanna e sua equipe de guerreiros da Ala de Segurança Intergaláctica.

– Não entendo uma coisa – sussurrou Madhu para Willy enquanto esperavam a reunião começar. – Um androide sem alma, que é altamente e friamente programado, me parece muito mais útil numa guerra do que nós, androides semi-humanos. Ainda mais eu. Aisha era muito melhor que eu.

– Se engana completamente – disse Willy. – Existem atributos que só almas possuem, impossíveis de serem reproduzidos, nem com toda a tecnologia do Universo. A inteligência artificial não é capaz de ter intuição e escolhas baseadas em instintos que sobrepõem à lógica. Não é capaz de ter fé e mudar seu destino conforme seus pensamentos e emoções. As emoções e pensamentos artificiais dos androides sem alma não têm o poder criativo no sentido de modificar a matéria. E a criatividade é o atributo mais precioso que existe. É um atributo que vem da Fonte. Herdamos isso Dela.

– É por isso que na Segurança Intergaláctica todo androide sem alma necessita de ter um companheiro que tenha alma – concluiu Willy.

Capitão Mastara entrou no auditório e se sentou numa grande cadeira dourada no degrau mais alto do auditório circular. Ao seu redor estavam Tarala, Behosa e outros seres desconhecidos por Madhu.

Para a frustração de Madhu, toda a reunião foi realizada em sânscrito. Ela não entendeu nada. E Willy parecia muito concentrado, não havia tempo para traduzir tudo o que estava sendo dito num idioma tão limitado como o português.

Num determinado momento da reunião, todos olharam para Madhu, que cutucou Willy discretamente num pedido de explicação.

– Estão falando de nós. Depois explico – disse Willy, rapidamente, sem tirar os olhos no Capitão Ashtan de Shandi11, que estava discursando via imagem holográfica.

Depois de finalizada a reunião, Willy e Madhu se encontraram com Behosa e Shavanna no centro do auditório. Tarala foi embora acompanhada do Capitão Mastara.

Behosa cumprimentou os dois, numa reverência educada, que retribuíram o cumprimento da mesma forma.

– Desculpem-nos por não poder ter feito a reunião em português. É um idioma limitado, carece de muito vocabulário e expressões idiomáticas – se desculpou Behosa para Madhu.

– E então, o que rolou na reunião? – perguntou Madhu.

– Lúcifer tomou o comando de Nibiru à força e desviou sua órbita para uma colisão com a Terra – explicou Willy. – Pois agora só a destruição completa do planeta Terra pode dar fim à Terceira Realidade. Ele já destruiu Tiamat dessa mesma forma na Batalha Celeste e agora pretende destruir o que sobrou de Tiamat, a Terra.

– Govinda me explicou alguma coisa sobre Nibiru – recordou Madhu.

– Nibiru é um planeta artificial reluzente como uma pequena estrela vermelha, ou pode-se dizer que é a nave de nossos irmãos pleidianos, que a cada treze mil anos terrestres cruza o Sistema Solar da Terra – disse Behosa. – Lúcifer é uma grande consciência que está presente personificado em todas as Galáxias dos multiversos da Realidade Virtual. Na nossa Galáxia, o nome de Lúcifer no corpo físico material é Marduk, um humanoide com DNA de serpente dragão. Ele também existe no reino espiritual com o nome de Demônio. Marduk está novamente no comando de Nibiru e modificou sua órbita para que Nibiru atinja a Terra. Essa colisão seria o fim da vida em Nibiru e a destruição completa do planeta Terra.

– Por que não deslocam novamente a Terra para um universo holográfico da mesma forma como fizeram para proteger o planeta contra a tempestade geomagnética? – perguntou Madhu, com uma solução que para ela era simples.

– Seria ainda mais destrutivo – disse Behosa. – A Terra não suportaria mais um deslocamento em tão pouco tempo. Precisará de milhões de anos para se recompor do deslocamento que provocamos.

– *Decidir uma solução foi a razão da reunião* – disse Shavanna. – *A razão também pela qual está aqui.*

– E o que foi decidido? – perguntou Madhu curiosa, ansiando a resposta que lhe explicaria o motivo de sua volta a Shandi33 num corpo androide.

– *Você e Willy serão enviados à Nibiru como um presente de Zaram, rainha dos dragões, para um vaidoso Anunnaki chamado Mastur. Ele não irá recusar dois escravos androides tão fortes e úteis vindos como presente de uma nobreza em agradecimento a ajuda que Mastur lhe ofereceu no passado. Quando estiverem em Nibiru, irão envenenar Marduk com uma poção que as sacerdotisas de Avalon prepararam. Essa poção irá congelar a alma de Marduk. Então, você, Madhu, trará a alma de Marduk para Shandi33, enquanto Willy colocará Nibiru de volta à sua órbita original, que cruzará o Sistema Solar em 2036 sem provocar desastres na Terra* – explicou Shavanna telepaticamente.

– E por que eu? – questionou Madhu.

– Sua alma já foi amante de Lúcifer – disse Behosa. – Ele ainda nutre amor por você. Caso algo dê errado, nada de mal irá acontecer com você. E, caso ele descubra nosso plano, ainda teremos esperanças que você possa persuadi-lo. Você é nossa melhor arma no momento.

Amante de Lúcifer!, Madhu pensou, perplexa. Não conseguia perguntar mais nada. Lembrou-se do quadro que Liv pintou. Sentiu-se enojada.

– Temos de estar bem preparados. Por isso os treinos começam ainda hoje – disse Willy.

– *Willy, deixo com você a responsabilidade de treinar Madhu. E, qualquer dúvida ou problema, sabe onde me achar* – disse Shavanna.

Madhu e Willy seguiram para a Ala 9, no campo de simuladores de espaçonaves. Durante o trajeto, Madhu manteve-se em silêncio, pensativa.

Entraram num simulador, e Willy começou a lhe ensinar como se conectar telepaticamente com a espaçonave antes de iniciar o voo.

– Você está bem? – perguntou Willy, vendo que Madhu parecia dispersa.

– É estranho, fisicamente me sinto ótima, mas mentalmente estou exausta. Cada vez que tenho encontros importantes em Shandi33, uma nova revelação bombástica acontece. Parece que estão querendo me mostrar quem eu sou em doses *nada* homeopáticas.

– Desculpe, Madhu, mas não temos tempo para descansar – disse Willy, tocando o braço de Madhu numa demonstração de empatia e carinho.

Madhu sentiu o toque de Willy como uma corrente elétrica. Impossível não se lembrar do romance ilusório que viveu com Niki. A alma de Willy no corpo de Niki era uma mistura perfeita para despertar uma paixão.

– Por que escolheu esse corpo, Will? – perguntou. Preferia que Willy estivesse em qualquer outro corpo que não fosse o de Niki.

Willy se ajeitou no acento da cabine de controle do simulador parecendo um pouco desconfortável.

– Eu e você somos parceiros. Um parceiro tem de conhecer bem o outro, saber conversar com um simples olhar, capaz de fazer leitura corporal um do outro. Quanto melhor a gente se conhecer, melhor será o desempenho no trabalho. O Niki tinha armazenado em sua memória tudo sobre você. Pedi para Boston que preservasse essas memórias como sendo minhas. Era a forma mais rápida de conhecê-la.

Madhu se levantou num pulo, batendo a cabeça no teto do simulador. Sentia-se invadida, completamente vulnerável. Pensou que Willy, assim como ela, não pudesse ficar com as memórias do corpo androide para não perder a singularidade de sua personalidade.

– Isso é invasão de privacidade, sabia? É a coisa mais antiética da vida! – disse aos gritos, deu as costas e saiu do simulador, mas não sabia para que lado ir. Ficou parada com as mãos na cabeça, com sua raiva prestes a explodir.

Willy seguiu Madhu. – Madhu... – Willy não sabia o que dizer naquele momento.

– E, se você me conhece tão bem, Willy, saberia que deve ficar bem longe de mim agora – disse Madhu. Revoltada, deu um soco na parede externa do simulador, amassando o metal. – Como achou que eu reagiria a essa informação? Como acha que eu me sinto sabendo que você sabe como sou idiota e me torno uma completa palerma quando estou apaixonada? – disse Madhu, escorregando encostada no simulador até o chão, onde ficou sentada com as mãos na cabeça.

– Madhu... – Will tentou se comunicar novamente.

– Sai daqui, Willy! Deixe-me sozinha – disse, sem força na voz. Estava sentindo-se novamente traída pelo Niki, que agora era Willy.

Madhu gostava do Willy, se sentia à vontade perto dele, protegida e acolhida. E o fato de ter sido invadida dessa forma por alguém em quem confiava a magoava muito.

Willy se afastou e saiu com a cabeça baixa, com tristeza no semblante, sem dizer nada.

Madhu permaneceu sentada no mesmo lugar. Queria ir até a sua dependência, mas não fazia a menor ideia de como chegar lá. Ficou pensando em como voltaria a encarar Willy depois do que soubera. Sentia como se tivesse perdido um amigo.

Depois de algum tempo, absorvida por seus pensamentos, sem saber o que fazer, Madhu ouviu passos se aproximando. Olhou para ver quem era. Era Liv, com infropectos colados na testa.

– Disseram-me que alguém estava precisando de uma amiga – disse, se aproximando. – Willy está preocupado com você e parece triste. Pode me explicar? – perguntou Liv, oferecendo a mão para ajudar Madhu se levantar.

– Willy é um babaca invasor de privacidade. Ele escolheu o corpo de Niki por causa das memórias que Niki tem sobre mim – desabafou, aceitando a mão de Liv para se levantar.

– Você é uma egoísta infantil, Madhu! Sério! E daí que o Willy sabe como você mexe a língua quando beija? Sei que não passou de inocentes beijos. Tarala não deixaria que passasse disso. Existem coisas muito mais importantes que você em jogo, sabia? O Universo inteiro, por exemplo. Ele fez isso pensando no melhor para os multiversos, para todos. Ele é o melhor guerreiro que temos e precisa conhecer as fraquezas da sua parceira terráquea instável para saber lidar com elas. – Liv suspirou profundamente, indignada. – Juro que não entendo porque escolheram *você* para uma missão tão nobre e de tanta importância.

– A resposta está naquela sua tela nojenta que pintou inspirada na minha tragédia pessoal – disse Madhu, um pouco irritada.

– Não ofenda minha obra. É uma belíssima obra-prima. É linda de uma forma estranha, mas não é nojenta. Tem intensidade e paixão carnal... – retrucou Liv. – O que tem a minha obra-prima?

– Disseram-me que fui amante de Lúcifer. E que ele ainda nutre algum sentimento por mim. Sei lá!? – explicou Madhu.

Liv permaneceu pensativa por um breve momento. – Isso explica muita coisa – disse Liv, pensativa. – Uau! Você é uma jogada de mestre, mas uma jogada muito arriscada em minha opinião. Não dá para comparar o poder medíocre de sedução de Niki com a inteligência sensual mordaz de Lúcifer.

– Nunca me apaixonaria por Lúcifer – disse Madhu, confiante.

– Nunca diga *nunca*. Já se apaixonou uma vez e você não se lembra dele. Dizem que sempre usa personificações extremamente atraentes – disse Liv, passando a mão no seu rabo de cavalo. – Então, o que digo para Willy? Ele está preocupado com você, bem como o tempo apertado.

– Diga a ele que o estou esperando. Ainda faltam muitas espaçonaves para aprender pilotar.

– Decisão certa! Boa sorte com seu ex-amante demoníaco. Vai precisar! – disse Liv, se despedindo, dando um abraço em Madhu.

– Obrigada por ser uma *terrível* ótima amiga – disse Madhu, que estava começando a se acostumar com a sinceridade dilacerante de Liv.

Willy voltou em passos largos, com semblante de preocupação. Madhu estava tentando desamassar o estrago que fez na fuselagem do simulador. Quando ouviu Willy se aproximando, deixou a fuselagem amassada de lado para falar com ele.

– Will, desculpa! Eu exagerei. Sei que não escolheu o corpo do Niki por maldade ou curiosidade. Foi pensando no melhor desempenho para nosso trabalho. Desculpa! – disse Madhu.

– Sou eu quem lhe devo desculpas, Madhu. Não imagina como me arrependo de ter escolhido o corpo do Niki. Você estava certa. Foi uma invasão de privacidade. Deveria ter pensado em você.

Willy estava realmente arrependido em escolher o corpo de Niki. Conhecer Madhu fez despertar nele um profundo sentimento de amor por ela – ele desejava que as memórias daqueles beijos e olhares tivessem sidos seus. Willy sabia o que Madhu mais desejava em um parceiro. E o que ela mais desejava era tudo o que ele queria lhe oferecer. Esse sentimento profundo por Madhu tirou um pouco seu foco na missão. Para ele, proteger Madhu se tornou a missão mais importante de sua vida. Para ele, era uma tortura ter memórias de um romance apaixonado, doce e ingênuo que não eram suas. Ressentia-se com o corpo do androide Niki, que agora era seu, por ter feito Madhu sofrer. Sentia inveja das memórias em sua mente. E seu maior tormento era que Madhu tinha trauma da desilusão que sofreu com Niki, e o corpo do Niki era visto por ela com repugnância. Ele sentia que Madhu evitava olhar nos seus olhos, os olhos de Niki onde Willy se escondia.

Os dois voltaram ao treino no simulador. Madhu estava focada e muito determinada. Viver no útero-coração do planeta Terra a fez amar o planeta como se fosse sua mãe. Faria tudo para proteger sua amada Mãe Terra e proteger a Terceira Realidade que plantou na Terra com o próprio DNA.

Num determinado momento no simulador, Willy e Madhu esticaram o braço ao mesmo tempo para ajustar uma medida no painel de controles da suposta nave. Suas mãos se tocaram, Madhu recolheu sua mão rapidamente ao sentir o toque lhe provocar arrepio e desejo. Willy tentou disfarçar o clima estranho que ficou depois do toque, fingindo que não havia percebido.

Passaram a noite inteira treinando em simuladores. Madhu estava se divertindo, estava orgulhosa de si mesma. Era boa em pilotar espaçonaves telepaticamente. Era divertido, como um jogo super-realístico de videogame.

Os sóis começavam a nascer nas cidades-Alas de Shandi33.

– Está na hora de recarregar nossas baterias – disse Willy. – Temos de descansar nossas mentes para o treinamento continuar tendo um bom proveito.

Madhu concordou. Percebia seu cansaço mental, pois seu desempenho já não estava rendendo tão bem.

– Queria saber voltar para minha dependência sozinha – queixou-se. Nunca gostou de depender de outra pessoa.

– Eu ensino um truque. Venha! – Willy desceu do simulador, oferecendo sua mão para ajudar Madhu descer. Ele se aproximou da parede branca radiante e a pinçou com os dedos indicador e polegar, puxando uma tela holográfica.

– Aqui está o mapa de toda a Ala 9. O ponto vermelho é nossa posição, seu aposento é o 23. Digite nessa tela o código do número 23 e o mapa mostrará o caminho até seu aposento – explicou Willy. – Para levar a tela com você, segure-a dessa forma e pode levá-la onde quiser. Quando chegar ao seu aposento, jogue a tela holográfica na parede e ela desaparece – disse, demonstrando como carregar a tela e passando-a para Madhu.

– Posso abrir o mapa de toda a Shandi33 aqui? – perguntou Madhu, manuseando a tela holográfica.

– Não. Aqui mostra as saídas para as outras Alas. Se quiser ir à Ala 11, digite o número da Ala duas vezes. O mapa mostrará a saída para ter acesso a uma nave que a levará até a Ala 11. Chegando à Ala 11, terá de pegar outro mapa na primeira loja do beco. Cada Ala oferece o mapa de uma forma, e todas as paredes radiantes oferecem mapas e acesso ao *Kan.* Kan é uma das inteligências artificiais que serve Shandi33. Ele sabe tudo sobre Shandi33 e tudo sobre a nossa Galáxia. Basta perguntar – ensinou Willy, mostrando à Madhu como abrir a interface de Kan. – Para selecionar seu idioma, basta falar o nome do idioma.

Os códigos numéricos usados em Shandi33 eram únicos por uma questão de segurança. E Madhu já os havia decorado para poder pilotar as espaçonaves. Seu novo cérebro androide possuía um ilimitado hardware de memória. Tudo de novo que aprendia memorizava rapidamente, e não se esquecia.

– Daqui três horas, você tem uma reunião na sala 69, escritório de Shavanna. Acha que precisa de ajuda? – inquiriu Willy.

– Já aprendi a usar o mapa. Sei me virar – disse Madhu, sem tirar os olhos da tela holográfica, estudando o mapa e vendo onde ficava a sala 69.

– Ótimo! Nós nos vemos mais tarde – disse Willy, saindo.

– Espera! Como sabe minha agenda de compromissos e eu não? – perguntou.

Willy voltou e ensinou Madhu a acessar na tela holográfica sua escala do dia, que era feita pelos assessores de Shavanna. E Willy explicou que o não cumprimento da escala ocasionava em advertência – ele deveria ser seguido à risca.

Madhu foi até seu aposento com o mapa holográfico em suas mãos. Entrando, deu uma checada na sua escala. Participaria de uma reunião no escritório de Shavanna com Tarala e Shavanna. Depois teria aulas de luta e autodefesa com Willy. E, no fim do dia, mais treinamentos de simulador.

Depois de checar sua escala, jogou a tela holográfica na parede, que desapareceu.

Higienizou seu corpo e seu macacão na cápsula de higienização do *banheiro*. E deitou para dormir. Colocou seu despertador interno para acordá-la minutos antes da reunião.

Capítulo 15

Madhu estava completamente livre numa grande floresta.

Livre de missão, compromissos e responsabilidades. Livre para aproveitar a vida em seu corpo androide. Os acessórios mortais de seu corpo androide estavam desbloqueados, o que significava que poderia usá-los e se divertir. Gostava de lançar as agulhas venenosas mortais de seu punho. Perseguia animais como uma ágil leoa – caçá-los era muito prazeroso.

Certo dia, Tarala se materializou na frente de Madhu segundos antes de ela lançar sua agulha venenosa num cervo, que, espantado com o discreto som do aparecimento de Tarala, fugiu.

Tarala olhava Madhu com tristeza e decepção no olhar. – É da natureza da Fonte não fazer mal a nenhum ser – disse Tarala. Desaparecendo como uma nuvem de fumaça branca.

Madhu sentiu-se envergonhada por estar caçando animais inofensivos. Não queria mais viver como uma selvagem primitiva. Procurou um vilarejo habitado por homens e decidiu que dali em diante usaria seu corpo androide somente para praticar o bem.

Os homens do vilarejo, sabendo que Madhu seria incapaz de lhes fazer mal, começaram a abusar de sua bondade. Exigiam favores, a subornavam, a discriminavam e a menosprezavam. Chegaram até a apedrejá-la na rua por pura crueldade.

Coagida, Madhu fugiu para a floresta antes que os homens a matassem, se escondendo numa caverna.

Um belo dia, Tarala se materializou na caverna. – Por que está assustada e escondida, minha filha? – perguntou Tarala.

– Eu queria ser boa e afável como a natureza da Fonte, mas os homens estão me perseguindo e tentam me matar – queixou-se Madhu, com grande tristeza no olhar.

– Minha filha! Aconselhei você a não praticar assassinatos e perseguição, mas não disse que evitasse assustar os maus – explicou Tarala. – Não ataque as criaturas da Fonte, mas saiba defender a tua cooperação na obra Dela. É preciso manter o perverso adistância, mostrando-lhe seu poder de serpente venenosa que é de natureza.

O despertador interno de Madhu a acordou. Ela sentou-se na cama e refletiu sobre o sonho que acabara de ter – ele revelara algo que antes lhe era paradoxo. Envergonhava-se de ter o DNA de uma serpente venenosa. Mas agora compreendia que poderia usar seus atributos sombrios para servir à Fonte. Poderia controlar seus instintos e poderes para usá-los contra o perverso.

Madhu chegou ao escritório de Shavanna faltando apenas um minuto para o início da reunião. Shavanna e Tarala já estavam à sua espera. As três se sentaram confortavelmente no sofá. Na mesa do centro, havia água e tiras de fafilas em pequenos potes de cristais. Madhu sentia saudade e vontade de comer. Mas não sentia fome. Não num corpo androide.

Um corpo androide podia comer, porém, em até duas horas depois de comer, teria de *defecar* toda a comida ingerida. A água que bebia era inteiramente aproveitada, e seu excesso podia ficar armazenado. Mas alimentos sólidos não serviam para nada além de oferecer paladar aos androides com alma.

Por tal razão, Madhu preferiu resistir às fafilas. Não queria ter o inconveniente e a perda de tempo em ir ao banheiro.

Tarala recebeu Madhu de forma calorosa como sempre. Madhu se sentia protegida e amada na presença de Tarala.

– Madhu, estou feliz que continua sendo a mesma doce Madhu que vi pela última vez entrando na cápsula atemporal – disse Tarala. – Como sempre, Boston fez um ótimo trabalho.

– Mas não percamos tempo. Vamos ao que interessa. Você foi convocada a essa reunião, pois agora faz parte da tripulação de Shandi33. Não é mais uma visitante. Todos os tripulantes têm deveres e obrigações como membros ativos de Shandi33 – disse Tarala.

Shavanna passou para Madhu uma lista numa tela holográfica contendo as regras.

– *Esteja ciente das regras. O desrespeito a uma regra levará a uma advertência. Não terá uma segunda advertência, pois da segunda vez que desrespeitar uma regra será punida. Em caso de infração grave, passará pelo comitê de juízes para decidir qual será a punição* – disse Shavanna telepaticamente. – *A primeira punição seria ficar confinada na Ala que pertence, sem ter direito ao acesso às outras Alas até que tenha a liberação da punição decidida. Dentre as principais regras que deve ficar atenta é seguir à risca sua escala semanal. Não tirar nenhum híbrido da Ala 11 sem a permissão de Behosa. E, principalmente, nunca entrar na Ala 1, a Ala do Controles de Shandi33, onde Capitão Mastara trabalha com sua equipe.*

– Sem problemas – disse Madhu lendo a enorme lista de regras. Uma delas dizia: "não danificar nenhuma estrutura funcional de Shandi33", e se lembrou do soco que deu no simulador amassando sua fuselagem. *Será que elas sabem?,* se perguntou em pensamento.

– Outro assunto importante que queremos falar com você é sobre sua missão em Nibiru – disse Tarala. – Chegará como uma escrava do Anunnaki Mastur, que não irá desconfiar que você e Willy tenham almas. Deverá oferecer uma bebida a Mastur e discretamente adicionar uma gota da *fórmula verde* na bebida. Logo após ele ingerir a *fórmula verde,* entrará num estado hipnótico. A mente de Mastur se abrirá para que uma falsa memória e um forte desejo sejam implantados. Quando ele entrar no estado hipnótico, você terá de lhe dizer um comando verbal. Mastur irá acatar o comando como se fosse de vontade própria.

– O comando que deverá ser dito é: *você não gostou dos androides e deseja dá-los a Marduk*. Esse comando fará com que você e Willy sejam levados até o Grande Palácio de Ouro. Atualmente, é lá que vive Marduk. Assim que estiverem dentro do Palácio de Ouro, terá de arranjar uma forma de dar uma gota do *congela alma* para Marduk. Ele é muito sagaz, terá de ter cautela em dobro – explicou Tarala.

– E quanto ao idioma? – perguntou Madhu, que até então só falava português e inglês, idiomas terráqueos.

– Você vai aprender o idioma nibiruano em breve – disse Tarala. – Continuando... Quando a alma de Marduk se congelar, ela ficará presa à glândula pineal do corpo físico dele. Você trará a alma de Marduk para Shandi33, enquanto Willy toma o comando de Nibiru, colocando-o em sua órbita original com um laser que preparamos. Este será lançado no centro de Nibiru, acabando com a ameaça à Terra.

– Isso quer dizer que vou ter de abrir a cabeça de Marduk para arrancar a glândula pineal dele? Vou ter de aprender processo cirúrgico também? – perguntou Madhu.

– Se preferir poderá trazer o corpo inteiro de Marduk para Shandi33 – sugeriu Tarala, oferecendo a solução óbvia prevista.

– Ah! Assim parece bem menos macabro – disse Madhu, com alívio.

– *Talvez possa lhe ser útil saber que Lúcifer lhe chamava de Kally* – acrescentou Shavanna.

– Já sonhei que Niki me chamou por esse nome – lembrou-se. Madhu não fazia ideia porque o tal nome poderia lhe ser útil em alguma coisa. – O que aconteceu com o comandante de Nibiru? Marduk o matou? – perguntou Madhu.

– *Enlil está desaparecido. Temos uma equipe de busca procurando por ele* – explicou Shavanna. – *Depois que Willy colocar Nibiru de volta à sua órbita, Enki, irmão de Enlil, tomará o poder até que Enlil apareça.*

– Depois que eu trouxer Marduk para Shandi33, o que vai acontecer? A ameaça estará eliminada? – perguntou Madhu.

– Marduk é apenas uma personificação de Lúcifer, que vive encarnado na Via Láctea. Manteremos Marduk congelado e usaremos essa personificação para negociarmos uma troca com a consciência suprema de Lúcifer – explicou Tarala. – Só nesse nosso Universo existem incontáveis Galáxias. Tentaremos oferecer a Lúcifer sua personificação Marduk em troca da Via Láctea. Ele terá de abrir mão da Via Láctea para deixar que a Terceira Realidade se expanda por toda a nossa Galáxia ou... destruiremos por completo a alma de Marduk.

– E quanto às demais Galáxias e aos outros universos? – perguntou Madhu. – Pensei que a Terceira Realidade fosse substituir a Realidade Virtual.

– *Um passo de cada vez* – disse Shavanna, telepaticamente. – *A paz na nossa Galáxia será nossa primeira e grande vitória. Shandi33 é responsável apenas pela Via Láctea, não podemos interferir em outras Galáxias a menos que sejamos solicitados. Cada Galáxia possui uma hierarquia Confederada de Miguel e uma personificação de Lúcifer. O fim da guerra na Via Láctea será nossa primeira vitória de muitas que virão.*

Madhu pensava que a expansão da Terceira Realidade fosse ser mais simples. Mas entendia que conquistar a paz em uma Galáxia inteira já seria uma grande vitória.

Acabando a reunião, Madhu seguiu até o quadrante de treinamento de lutas, onde praticou com simuladores de espaçonaves.

Madhu pilotava o simulador de uma espaçonave de resgate nibiruana, que seria usada para carregar Marduk congelado até Shandi33. Ela estava desviando dos raios laser de sondas caças luciferianas. Eram muitas, estava muito concentrada. Então teve uma surpresa inesperada, uma enorme nave luciferiana de ataque se materializou na sua frente. A surpresa desestabilizou a concentração de Madhu, que foi atingida por um raio laser, e sua espaçonave destruída.

– Droga! Droga, droga, droga! Eu estava quase conseguindo – disse Madhu, irritada e frustrada, dando socos no *joystick* lançador.

– Tem de estar sempre preparada para o pior e, se deixar que a emoção a domine, será facilmente derrotada – explicou Willy. – Por hoje, chega!

– Mas o dia ainda nem acabou. Quero tentar de novo. Só mais uma vez – queixou-se Madhu.

– Para a nossa saúde, temos de cumprir a escala de treinamento à risca – disse Willy, desligando o simulador.

Na escala de Madhu, era hora de descanso ou entretenimento depois do treino em simuladores. Ela não queria dormir – se sentia agitada e cheia de energia. Queria se divertir.

– O que vocês fazem aqui na Ala 9 para se divertir? – perguntou Madhu para Willy.

– Aqui na Ala9... Nada! Não tem diversão. Para se divertir nós saímos. Geralmente vamos à Shambala, os híbridos são os maiores festeiros de Shandi33. Diversão é com eles mesmos – disse Willy, saindo do simulador, oferecendo a mão para ajudar Madhu a sair. – Daqui a pouco, o maior mestre musical de Shandi33, Mestre Lufan, que foi conhecido em seu planeta como Johann Sebastian Bach, fará um concerto ao pôr dos sóis em Shambala. Uma sinfonia nunca apresentada no planeta Terra, deixa a nona sinfonia no *chinelo*. É a sinfonia que vibra direto do coração da Fonte. Imperdível! Gostaria de me acompanhar? – convidou Willy. Ouvir a 33° sinfonia de Lufan ao lado de Madhu, admirando o pôr dos sóis, era tudo o que Willy mais queria. Tentou não parecer ansioso e empolgado.

– Sebastian Bach! Está falando sério? – questionou Madhu, surpresa.

– Lufan é um pleidiano, cientista musical. Juntou-se a Shandi33 há milhares de anos. Decidiu com o comitê espiritual encarnar no planeta Terra para levar a beleza celestial aos terráqueos, plantando esperanças em seus corações por meio da música – explicou Willy. – Depois de finalizada sua missão, retornou à Shandi33.

– Bom, quanto a Bach ser de outro mundo, não me espanto nem um pouco. O que me surpreende é ele estar aqui, na mesma nave que eu. Realmente imperdível!

– Então vamos! – ordenou Willy.

Na empolgação momentânea, Madhu não pensou que acabara de aceitar um romântico encontro com Willy. Ao se tocar desse fato, sentiu certa angústia. Estava nervosa. Admirar o romântico pôr dos sóis ao som de uma sinfonia de Bach, ao lado do seu melhor... *amigo* Willy, a deixava receosa. Não podia cair novamente numa ilusão.

Concentrou-se ao máximo para se manter fria e calculista como *Spock*, seu personagem preferido de *Star Trek*. Odiava se sentir como uma adolescente empolgada com um encontro.

Ao chegarem à paradisíaca praia de Shambala, sentaram-se na areia. A praia estava cheia, todos trajados elegantemente.

– Você deveria ter me avisado que eu tinha de vir de *sari* – reclamou Madhu, para Willy.

– Somos androides da Ala9. Não podemos tirar nosso traje de segurança, nem mesmo para uma festa – explicou Willy.

Mestre Lufan surgiu no céu, em pé, numa suntuosa nuvem branca, bem acima do mar. Atrás dele estavam os dois sóis que começariam a se pôr. Lufan elevou os braços ao alto mantendo os olhos fechados. Parecia um anjo abrindo os braços para receber o abraço da Fonte.

Lentamente surgiu um som, como um coro de crianças alegres brincando de voar com suas asas de anjos. Aquela doçura e inocência permaneceram no ar por um tempo e, então, começaram a se esvair dando espaço à melodia de uma paz profunda, de puro amor maternal pelas suas crianças.

A sinfonia tinha acabado de começar, e Madhu já começara a chorar, vertendo lágrimas de profunda gratidão por aquele amor tão profundo emitido do coração da Fonte transmitido por Lufan.

Madhu se sentiu flutuando na leveza e beleza da sinfonia que a levava a um lugar que não se lembrava, mas saudava com grande intensidade. Fechou os olhos, se deixando levar pela magia do momento, deixando sua gratidão e amor à Fonte crescer em seu coração. Naquele momento, ela não era mais Madhu, uma adolescente num corpo androide. Sentia-se como sendo parte da Fonte, parte de toda a beleza e perfeição de tudo o que existe. Plena e feliz.

Quando o grande sol vermelho tocou o horizonte, o Grande Pai Protetor tomou a cena, com intensidade e força, que fez vibrar forte os corações das almas presentes. A melodia de seu poder parecia mover montanhas e mares.

Em seguida, o sol menor e mais brilhante chegou trazendo perfeição e suavidade, numa doce melodia feminina.

A sinfonia dos dois sóis em união criava tudo o que existe, num equilíbrio perfeito.

Madhu sentia paz e gratidão. Lentamente, os brilhos dos raios dos sóis foram substituídos pela escuridão do espaço e suas estrelas brilhantes, frutos da Fonte.

A sinfonia terminou. Mestre Lufan se afastava sobre a nuvem aos seus pés, até desaparecer entre as estrelas.

Willy passou um lenço para que Madhu enxugasse as lágrimas. Ela aceitou, envergonhada de olhar para Willy, que não chorou.

– Como consegue não se emocionar? – perguntou, irritada.

– Já ouvi essa sinfonia mais de um milhão de vezes. E ainda me emociono, só não tenho mais lágrimas para derramar – explicou Willy.

Ao olhar nos olhos de Willy, Madhu pode ver sua emoção, sua alegria, seu amor. Olhar para aqueles olhos lhe doía a alma. Não poderia ter aquele tipo de felicidade ilusória terráquea do amor romântico. Sentiu um aperto no peito.

– Vamos! – chamou Willy. – Temos de acordar bem cedo amanhã. Você terá aula de cultura nibiruana. Não será fácil estudar milhares de anos de história.

Madhu ainda sentia o poder do efeito da sinfonia percorrer todo o seu corpo. Aquela indescritível sinfonia a fez desejar ainda mais a derrota de Lúcifer.

– E se não der certo, Will? E se eu não conseguir congelar Marduk? – inquiriu preocupada. Era muita responsabilidade em suas costas. De novo!

– Ainda não temos uma alternativa. Os estrategistas de batalha estão trabalhando dia e noite tentando elaborar novas alternativas. Nossa prioridade agora é manter o foco no treinamento e fazer o melhor que podemos.

Subitamente, Liv chegou ao lado de Madhu, que se sobressaltou com a surpresa repentina.

– Vocês formam um belo casal! – disse Liv, com sorriso no rosto, deixando Madhu e Willy constrangidos.

– E então, Liv? Pintando alguma tela inspirada em mim? – perguntou Madhu, para fugir do assunto sobre *casal* e cortar o constrangimento pela raiz.

– Humpf, você se acha o centro do Universo, né, Madhu? Claro que não! Agora me inspirei no Willy.

– Eu me sinto lisonjeado – disse Willy.

Madhu revirou os olhos, mas nenhum dos dois percebeu.

– Vão ficar para a palestra? – perguntou Liv.

– Palestra? – indagou Madhu.

– Behozito vai dar uma palestra sobre a missão dos híbridos no planeta Terra – explicou Liv, sem nenhuma empolgação, o que não era normal dela.

– Temos de acordar bem cedo amanhã, já estávamos de saída – disse Willy.

– Sorte de vocês. Até breve! – despediu-se Liv. Dando as costas e se afastando.

Willy e Madhu subiram na *vinamaxi* e partiram.

Chegaram à Ala 9, pegaram um veículo semelhante a um elevador, que fazia seu trajeto horizontalmente. Seguiram até o centro da Ala, onde teriam acesso aos corredores das câmaras de repouso.

– Quando os híbridos irão para a Terra? – perguntou Madhu para Willy, preocupada com a vida de Liv.

– Somente depois de cessada a ameaça contra o planeta – respondeu.

Madhu já conhecia o caminho de volta para sua câmara. – Obrigada, Willy! Foi realmente incrível! Valeu mesmo a pena. Até amanhã – despediu-se.

– Até amanhã – respondeu Willy.

Madhu andava a passos largos, e Willy seguia logo atrás, entrando em todos os corredores que ela entrava.

Percebendo que Willy estava seguindo-a, Madhu virou-se subitamente, por pouco que Willy não esbarra nela. – Willy, por que está me seguindo? – perguntou, brava.

– Minha câmara de repouso fica ao lado a sua. Esse também é meu caminho – explicou, dando de ombros.

Madhu sentiu-se feliz em saber que Willy era seu vizinho. Tentou disfarçar o máximo que pôde.

– Bom, então vê se não ronca alto, preciso de uma boa noite de sono – disse, tentando parecer brava, sem muito sucesso.

Ao entrar na sua câmara, Madhu viu que havia uma tela holográfica aberta próxima à poltrona. Ela pegou a tela e leu a mensagem anônima.

"Só se pode vencer o inimigo se o conhecer bem, conhecer suas armas, forças e fraquezas. Você já foi princesa das trevas e conhece bem seus inimigos. Use suas garras de serpente para derrotar o inimigo. Só assim poderá vencê-lo."

Madhu jogou a tela holográfica na parede, fazendo-a desaparecer. Entendeu perfeitamente a mensagem anônima. Reforçava a mensagem do sonho que havia tido. Estava decidida a usar seu veneno de serpente para atacar o inimigo.

Ainda contagiada pela beleza sublime da sinfonia do Mestre Lufan, foi dormir confiante e motivada com a sua missão.

Capítulo 16

Com suas belíssimas, grandiosas e lustrosas asas negras, Madhu voava alto admirando seu reino. Um mundo inteiro só dela. Seus longos cabelos negros eram elegantemente jogados pelo vento morno do entardecer de seu belo mundo.

Seguiu voando até seu majestoso Palácio de Ouro, onde seu príncipe lhe esperava. Estava ansiosa para vê-lo.

O príncipe lhe aguardava no grande salão comunal. Com suas belas asas brancas de anjo, cabelo louro como ouro e olhos verdes cristalinos, lá estava o seu príncipe. Belo e encantador como sempre. Abraçam-se e se beijaram apaixonadamente.

Com olhos brilhando de felicidade e entusiasmo, o príncipe disse: – Consegui! A destruição de Tiamat foi um sucesso! Grande parte de Tiamat virou pó que, com o tempo, formará o Cinturão de Asteroides. Uma pequena parte do que sobrou de Tiamat estará novamente hábil para sustentar vida. Mas sua ajuda será fundamental para que haja possibilidades de vida no que sobrou de Tiamat. Por isso estou aqui.

– Ficarei feliz em ajudar – disse Madhu, que não estava feliz com a destruição de Tiamat, que um dia tanto amou. Mas confiava em seu grande amor e sabia que tudo que ele fazia era fundamental para haver justiça nos multiversos.

– O pedaço que sobrou de Tiamat precisará de um satélite para controlar o ciclo de água e gerar vida naquilo que um dia será um belo planeta. E que também sirva como um escudo de proteção para o futuro planeta. Quero que encontre um satélite que sirva perfeitamente para esses propósitos e o desloque com cuidado, colocando-o na órbita do que sobrou de Tiamat.

– Farei isso com muito prazer – acrescentou Madhu, feliz em receber uma missão tão importante.

– E você se tornará a grande Deusa do satélite. Será idolatrada por toda a criação do futuro planeta que estamos criando, que dessa vez será só nosso.

O belo anjo, com magnetismo no olhar, se aproximou de Madhu e lhe deu um beijo apaixonado. E então disse-lhe, olhando nos olhos: – E farei tudo para que dessa vez Miguel não atrapalhe nossos planos, minha doce e preciosa, Kally. Minha amada filha!

Os dias que se seguiram foram muito puxados. Madhu teve muitos treinos em simuladores e estudo da cultura e idioma nibiruano. Este, para sua surpresa, foi o mesmo falado pelos sumérios no planeta Terra.

O Anunnaki Mastur já havia sido avisado que seu presente estava a caminho. Aqueles seriam os últimos preparativos para a partida de Madhu e Willy rumo a Nibiru.

Madhu estava impaciente, tensa, enquanto a costureira androide fazia o último ajuste no seu traje nibiruano. Um elegante vestido branco com bordados dourados, semelhante a um traje egípcio. Um dos ombros ficava a mostra. Era uma vestimenta longa, com um cinto dourado grosso na cintura. Madhu achava os acessórios um exagero: dois grossos braceletes de ouro, um em cada punho, e, no ombro nu, uma pulseira com diversas correntes de ouro caídas sobre o braço, além de brincos de ouro e diamantes que cobriam toda a extensão do pavilhão auditivo. Nos pés, sandália rasteira com tiras de ouro amarradas nas pernas. Uma trança lateral espinha de peixe enfeitava seu cabelo e uma delicada corrente com pequenos diamantes brilhava sobre sua cabeça. Sentia-se desconfortável, e naquela tarde teria aulas de autodefesa e luta com aquele traje.

Duas pequenas ampolas, uma com a *fórmula verde* para Mastur e outra com o *congela alma* para Marduk, foram cuidadosamente escondidas nos fartos seios de Madhu.

Willy também estava com um traje típico nibiruano: saia de ouro com camadas semelhantes a escamas de peixe, grosso colar de ouro no pescoço cobria todo seu peito, sandália rasteira de tiras de couro amarradas nas pernas, grossos braceletes de couro nos punhos e mais nada. O abdômen bem definido e musculoso de Willy estava à mostra, para a tortura de Madhu.

A cápsula de laser que seria usada por Willy para devolver Nibiru a sua órbita original foi fixada escondida no cós da saia de ouro.

Foi difícil para Madhu e Willy se concentrarem na luta usando aqueles trajes sensuais.

Depois dos últimos treinos, foram até a Cidade Robótica ver Boston, para que ele fizesse os últimos ajustes nos androides.

Boston achou que seria muito arriscado implantar em Madhu os acessórios mortais, como as agulhas venenosas liberadas pelo punho. Ela poderia, sem querer, matar alguém inocente. Por isso, o único ajuste foi carregar ao máximo as baterias dos dois androides e diminuir a ansiedade de Madhu.

Willy estava concentrado e muito sério. Procurava evitar olhar para Madhu.

À noite, durante a última reunião antes da partida para Nibiru, todos os presentes se despediram de Madhu e Willy, desejando-lhes sorte.

– *Que a Fonte esteja com vocês!* – disse Capitão Mastara.

E assim Willy e Madhu partiram rumo a Nibiru.

Ao se aproximarem de Nibiru com a espaçonave, Madhu ficou encantada com a beleza daquele planeta artificial. Nibiru parecia uma estrela vermelha que reluzia feixes de luzes douradas.

Rastreada e identificada, a espaçonave teve sua entrada em Nibiru liberada pelos controladores de tráfego aéreo nibiruano, sob o comando de Marduk.

A espaçonave pilotada telepaticamente por Willy pousou no oásis de Mastur. Sua mansão era toda branca e escultural, com detalhes de ouro. Uma enorme escultura de Mastur se erguia entre o jardim de plantas exóticas. A areia era branca e macia. No céu, não havia sol – o que aquecia e iluminava Nibiru era o reflexo do ouro em pó suspenso na atmosfera, sendo iluminado por feixes de luzes que saíam dos grandes lagos de Nibiru. A irradiação da luz dourada deixava Nibiru com uma iluminação agradável e muito romântica. Tudo parecia reluzir ouro, como a iluminação de um pôr do sol dourado.

Não havia cidades em Nibiru, as moradias eram bem afastadas umas das outras. Cada moradia tinha um oásis particular e o próprio lago reluzente. Os transportes eram realizados por velozes aeronaves.

Após pousar a espaçonave no oásis, Willy deu comando telepático para a espaçonave esperar na zona neutra da atmosfera de Nibiru até o chamado de resgate. A espaçonave partiu, deixando para trás Willy e Madhu.

A partir daquele momento, Madhu e Willy falariam apenas no idioma local de Nibiru.

Duas aprendizas de Anunnakis, que serviam o mestre delas, o vaidoso Anunnaki Mastur, foram receber Willy e Madhu, e os acompanharam para dentro da grande mansão de Mastur.

As aprendizas usavam saia branca longa um tanto transparente, bem justa nas pernas, belos colares de ouro e seios à mostra. Andavam de forma sensual e olhavam para Willy com desejo fugaz. Elas levaram Madhu e Willy até a grande antessala da mansão.

– Esperem aqui. O mestre Mastur virá vê-los. Tenho certeza de que ele vai adorar o presente – disse a aprendiza, passando as mãos no braço de Willy.

As duas aprendizas saíram. Madhu percebeu que Boston tinha razão em não desbloquear o lançador de agulhas venenosas. Caso contrário, já teria lançado agulhas nas duas aprendizas abusadas.

Os dois permaneceram em silêncio, imóveis, na grande antessala de entrada, como dois androides escravos.

Não demorou muito, e Mastur, seguido de suas aprendizas, apareceu.

– Vejo que Zaram foi generosa. Que boa surpresa! – disse Mastur, olhando Madhu dos pés a cabeça, ignorando a presença de Willy.

– Será um prazer servi-lo, mestre – disse Willy, na tentativa de desviar o olhar de Mastur que caía sobre Madhu.

– Acho que o prazer será meu, androide! – disse Mastur, beliscando o mamilo de Madhu sobre o tecido.

Madhu serrou as mãos de raiva, se esforçando para não demonstrar nenhum sentimento em sua face.

– Não fomos programados para relações sexuais. Não sabemos executar esse trabalho – disse

Willy, com uma falsa aparência apática de um androide sem alma.

– Sou eu quem digo qual trabalho devem fazer, androide idiota. São meus escravos e farão tudo que eu mandar – disse Mastur, num misto de irritação e tédio.

Mastur bateu palma duas vezes, e três fortes aprendizes usando somente saias apareceram.

– Levem os dois androides para meu aposento de entretenimento – ordenou Mastur para seus aprendizes. – Enquanto eu ensino a ginoide me satisfazer sexualmente, o androide vai assistir para aprender – disse com sorriso no olhar.

– Minha especialidade, mestre, é preparar os mais deliciosos drinks de toda a Galáxia. Posso lhe preparar um drinque antes? – ofereceu Madhu com falso sorriso no rosto.

– Mais tarde. Agora estou com sede de outra coisa, docinho – respondeu Mastur, com tom de tédio na voz, enxotando todos da antessala com gestos de mão.

Madhu sentiu nojo só de olhar para aquele Anunnaki arrogante e tarado que usava apenas um tecido branco amarrado na cintura e enormes anéis de ouro nas mãos.

Os dois androides foram levados pelos aprendizes até o aposento do entretenimento. Os aprendizes deixaram os androides dentro do aposento e fecharam a porta folha dupla, permanecendo em pé ao lado de fora da porta, como guardas.

Willy começou a andar de um lado para o outro tentando pensar numa solução. Estava aflito com a situação, não iria deixar Mastur encostar nem mais um dedo em Madhu.

Madhu sentou-se na cama dossel também tentando pensar numa solução. Ela teve uma ideia, mas, antes que pudesse informar seus planos para Willy, Mastur entrou no aposento desamarrando o tecido que tinha na cintura, ficando completamente nu. Os aprendizes novamente fecharam a porta folha dupla, mantendo-se do lado de fora do aposento.

– Vamos docinho, tire a roupa! – ordenou Mastur para Madhu.

– Antes, preciso ir ao banheiro esvaziar a barriga, ou terá uma terrível surpresa – disse Madhu com um sorriso falso.

– Então vá logo! Já deveria ter ido – falou Mastur, irritado, apontando para a porta do banheiro. E se deitou na grande cama do prazer para esperar por Madhu.

Madhu passou por Willy e disse a ele gesticulando a boca sem produzir nenhum som: *confie em mim*. Ela entrou no banheiro, retirou a ampola contendo a *fórmula verde* guardada em seus seios, e virou o líquido na boca, mantendo o líquido debaixo da língua, sem engolir. Pretendia beijar Mastur na boca e passar a fórmula para a boca dele, fazendo-o engolir.

Madhu saiu do banheiro e seguiu sensualmente em direção a Mastur.

Willy estava assustado e deu um passo na direção da cama. Estava decidido a matar Mastur antes que algo acontecesse a Madhu.

– Ainda não tirou a roupa? – disse Mastur irritado, deitado com as mãos apoiadas debaixo da cabeça.

Madhu não tinha como responder, estava com a boca cheia da *fórmula verde*. Aproximou-se de Mastur, sentou-se montada em cima dele e, com um olhar sedutoramente hipnotizante, lhe deu um beijo ejetando todo o líquido de sua boca na boca de dele.

Willy estava ao lado da cama, buliçoso, pronto para matar Mastur.

Mastur segurou o rosto de Madhu e a afastou dele, com os olhos arregalados.

– Que tipo de saliva nojenta vocês androides possuem? – disse, irritado, e tossiu engasgado.

Madhu disse rapidamente o comando: *Você não gostou dos androides e deseja dá-los a Marduk*.

Naquele momento Willy entendeu o que Madhu havia feito. Ficou surpreso e preocupado: a *fórmula verde* podia tê-la contaminado.

Mastur ficou imóvel. Parecia pensativo, sem ação.

Para que a poção não fizesse efeito em Madhu caso ela a tivesse absorvido, Willy lhe disse o comando: *Madhu, a poção verde não fará nenhum efeito em você.*

Madhu saiu de cima de Mastur, ficando em pé ao lado de Willy. Ajeitou o vestido. – Fica frio, Will! Não engoli a fórmula, fui cuidadosa. E confesse que tive uma ideia genial! – gabou-se Madhu.

Willy fez um gesto de mão para que Madhu ficasse quieta. Madhu olhou para Mastur que ainda estava imóvel.

– Será que exagerei na dosagem? – sussurrou Madhu.

Antes que Willy pudesse responder à pergunta de Madhu, Mastur chamou seus aprendizes e disse: – Não gostei dos androides. Levem de presente para Marduk. – Vendo que seus aprendizes se entreolhavam confusos, ordenou: – Agora!

– Sim, mestre! Como queira – disse o aprendiz.

Um dos aprendizes de Mastur, um tanto irresoluto, levou Madhu e Willy até o Palácio de Ouro, moradia de Marduk.

O colossal Palácio de Ouro era literalmente feito de ouro. O jardim oásis possuía uma majestosa escultura de Enlil, antigo proprietário do palácio, que foi tomado à força por Marduk.

Supostamente nenhum nibiruano suspeitava da verdadeira intenção de Marduk em colidir Nibiru com o planeta Terra. O governo de Marduk era ditatorial. E os poucos que manifestaram desconfiança foram congelados ou presos.

A aeronave nibiruana que carregava os androides pousou na área própria para visitantes, em frente ao palácio.

– Esperem aqui fora – ordenou o aprendiz de Mastur. E, temeroso, entrou no Palácio de Ouro.

Madhu estava nervosa. Iria conhecer a personificação de Lúcifer, não imaginava o que poderia esperar.

– O que você fez foi muito arriscado. Nem tente fazer isso de novo com o *congela alma*, ou terá sua alma congelada. Entendeu? – disse Willy para Madhu.

– Ah, e por um acaso você tinha uma ideia melhor? – perguntou Madhu, irritada. Era para Willy estar orgulhoso da ação dela.

Willy não respondeu. Ele não tivera nenhuma ideia melhor que a dela. Resolveu mudar de assunto.

– Tente não parecer tão sensual dessa vez. E ofereça um drinque para Marduk o mais rápido possível – disse Willy.

– E por um acaso você acha que eu estava jogando charme para cima daquele Anunnaki nojento? Ele é um tarado doentio. Eu teria arrancado a cabeça dele fora se a fórmula não tivesse feito efeito – disse Madhu.

– Certo. Vamos terminar logo essa missão e voltar para casa – disse Willy. Estava com mau pressentimento, mas não disse nada a Madhu.

O aprendiz de Mastur voltou com três sentinelas de Marduk. Eles eram fortes guerreiros reptilianos e serviam Marduk com devoção fanática.

– Aqui estão! Esses são os dois androides que lhes falei. Presente de Mastur ao nosso líder em apoio ao seu governo – disse o aprendiz de Mastur.

– Levem os androides para o laboratório tecnológico – ordenou o comandante dos sentinelas aos seus subordinados. – Diga aos técnicos para fazerem uma vistoria completa. Desmonte-os se for necessário. – E então se dirigiu ao aprendiz de Mastur: – Diga ao seu mestre que, se ele tiver com alguma má intenção contra Marduk, morrerá e sua alma será congelada.

O aprendiz de Mastur fez uma reverência respeitosa ao comandante dos sentinelas e se retirou apressado.

Passar por uma inspeção num laboratório tecnológico reptiliano não estava nos planos de Willy e Madhu. Iriam descobrir que eles têm almas e, pior, saberiam que vieram de Shandi33. O trabalho de Boston sempre era marcado com o símbolo de Shandi33, o dodecaedro dourado, conhecido em toda a Galáxia.

Os sentinelas agarraram os braços de Madhu e Willy e começaram a carregar os dois em direção a uma nave reptiliana para serem transportados ao laboratório.

– Espere! – disse Madhu. – Não somos androides comuns. Somos semi-humanos. Temos almas! – disse olhando para o comandante dos sentinelas.

– Madhu, que invenção é esta dessa vez? – perguntou Willy, receoso.

Madhu olhou para Willy, que entendeu sua expressão visual que dizia: *confia em mim*. Mas, mesmo assim, Willy continuou hesitante.

– Androides com alma... Essa é boa! Se for verdade, Marduk vai adorar a notícia – disse o sentinela, sem deixar de carregar Madhu na direção da nave.

– Não sou uma alma qualquer. Sou Kally! E exijo ver meu amado Marduk. Agora! – disse Madhu, impositiva.

Os três sentinelas pararam e se entreolharam.

– Que tipo de palhaçada é essa? – perguntou retoricamente um dos sentinelas com irritação. – Vamos! No laboratório descobriremos a verdade – disse, revolto, voltando a conduzi-la para a nave.

– Marduk vai descobrir que me levaram ao laboratório para me desmontar. Juro que pedirei a ele que congele a alma de vocês – disse Madhu, semicerrando os olhos com raiva.

Os três pararam novamente e se entreolharam.

– Ramon, vá até Marduk, diga que há uma androide aqui fora dizendo ser Kally – ordenou o comandante dos sentinelas.

Enquanto Ramon ia até Marduk, os demais esperaram do lado de fora do palácio. A espera pareceu uma eternidade para Willy e Madhu. Nada daquilo estava dentro e seus planos.

Ramon voltou estugando. – Marduk disse para levar a ginoide para dentro. Ele quer vê-la. E, quanto ao androide, levem ao laboratório para ser feita a vistoria. Se for verdade que ele tem alma, mande congelar a sua alma até segunda ordem – disse Ramon.

– E se ela for uma armadilha? É arriscado! O mais sensato seria fazer uma vistoria cuidadosa – disse o comandante dos sentinelas.

– Ordens de Marduk – disse Ramon.

Willy foi levado ao laboratório, enquanto Madhu foi levada para dentro do Palácio de Ouro. Ela só pensava que teria de agir rápido, antes que desmontassem Willy e congelassem sua alma.

No grandioso recinto do palácio estava Marduk, sentado num grandioso trono de ouro com as pernas cruzadas, deixando evidentes as aprazíveis sandálias de couro com tiras que contornavam suas vigorosas pernas. Vestia uma saia em camadas de ouro, semelhante à de Willy. Usava um imenso colar de ouro e uma discreta e pequena coroa na cabeça. Para a surpresa de Madhu, Marduk era um deslumbrante moço corpulento, moreno e muito atraente, de pele dourada e um olhar penetrante. Não se parecia nem um pouco com um demônio cruel. Pelo contrário, aparentava um asseado anjo.

Madhu estava escoltada entre duas sentinelas. Pararam bem no centro do grande recinto, diante o trono de Marduk.

– Ora, ora, ora... O que temos aqui?! – questionou Marduk, interessado. Descruzou as pernas, fechou os olhos e inalou o ar profundamente. – Sinto realmente cheiro de alma. Uma alma doce. – Então abriu os olhos. – Aproxime-se, visitante – convidou.

Madhu se aproximou até ficar perto do primeiro degrau da escada que levava até o trono. Ela tentou olhar Marduk nos olhos, mas desviou o olhar rapidamente. O olhar de Marduk era penetrante e intimidador.

Marduk desceu as escadas lentamente, ficando bem diante de Madhu. Segurou o rosto dela entre os dedos e a olhou nos olhos. Madhu sentiu algo extremamente familiar nos olhos dele, sentiu um forte desejo de abraçá-lo, como se estivesse com saudade dele.

– Minha doce princesa das trevas. Kally! – disse Marduk, quase como um sussurro. – O que fizeram com você? Onde foram parar suas belas asas negras? – perguntou, num lamento de dor.

– Fui enviada como um presente para servi-lo – disse Madhu, fazendo uma reverência de respeito e cordialidade. Teve de se esforçar para conter a emoção jubilosa que sentiu na presença de Marduk. Um misto de atração e confiança.

– Eu a procurei por todas as partes. Vasculhei toda a galáxia por milênios. Minha amada, única e doce *filha* – disse Marduk, com felicidade no olhar, perplexo. Segurou as mãos de Madhu com gentileza.

– Filha? – quis saber Madhu, confusa. Haviam lhe dito que ela fora amante de Lúcifer, nada lhe disseram sobre ser filha dele.

– Pagará caro quem lhe roubou a memória, quem a roubou de mim – disse Marduk, com um olhar sombrio. – Você é minha princesa, minha única e amada filha. A única filha que consegui ter em toda a minha existência. Reinávamos juntos e felizes até que sua mãe, Tarala Shanata, aquela siriana metediça, a sequestrou e, então, nunca mais vi você.

Madhu não pôde disfarçar surpresa no semblante. Por um momento, esqueceu-se de sua missão.

– Tarala é minha mãe? Não entendo... – disse, confusa.

Marduk sentou-se no degrau da escada e convidou Madhu para que se acomodasse ao seu lado. Ela obedeceu, queria saber a verdade.

– Eles a jogaram contra mim. Por isso é justo que conheça nossa história antes que cometa alguma besteira – disse Marduk. – Saiba que não existe nada no mundo que eu ame mais do que a Fonte. Queria que ela se orgulhasse de mim, queria ser tão grandioso quanto a Fonte. A única forma que encontrei para tentar ser como minha amada e onipresente Pai-Mãe Fonte foi me separando Dela e me tornando um independente criador como Ela. Desde então, sinto tanta falta da Fonte que cada dia é uma dor que assola minha consciência. Mas, então, encontrei uma forma de me sentir mais próximo à minha amada Fonte. Tive a ideia de engravidar uma alma com ligação profunda com a Fonte e ter um filho com ela. Um filho meu com ligação com a Fonte – disse olhando nos olhos de Madhu. – Você é o que me une à Fonte. É tudo o que tenho de mais precioso. Estar com você diminui minha dor da separação com a Fonte – disse. Seu olhar parecia muito sincero.

– Você... é o pai da minha alma? Você... Minha mãe de alma é Tarala? – perguntou, abalada.

– Sua mãe não é nenhuma santa. Ela a sequestrou de mim contra sua vontade e provavelmente a jogou num planeta primitivo presa na roda do *karma* como se fosse uma alma qualquer – disse Marduk, com aversão à atitude de Tarala. – Garanto que ela não contou a verdade, que você era feliz comigo, era uma grandiosa princesa que reinava ao meu lado. Garanto que ela escondeu de você o fato que sua escolha sempre foi reinar ao meu lado. Ela tirou sua memória para que você não se lembrasse de sua escolha. Fez isso para manipular você.

Marduk acariciou com desvelo a longa trança de Madhu. Ela estava confusa e pasma. Sentia um afeto inconcebível por Marduk, fazendo-se submergir num inconveniente paradoxo.

– Você não é uma alma qualquer. Você é grandiosa, minha filha. Farei com que se lembre. Chamarei Danvantari para lhe trazer a memória de volta.

Só então Madhu lembrou-se de Willy e sua missão. Não sabia o que iria fazer a respeito de sua missão. Tinha de descobrir toda a verdade. Mas não antes de salvar Willy. – Pai, posso fazer um pedido? – Usou seu doce veneno de serpente para que o pedido fosse inegável.

– Sempre satisfiz seus anseios, minha princesa. Só não diga que irá me abandonar. Não poderei deixá-la ir antes que sua memória seja restaurada.

– Também quero restaurar minha memória. Não vou a lugar nenhum! Só quero pedir para não congelar a alma de meu amigo Willy, nem prejudicar o corpo androide dele.

– Primeiro, posso saber onde conheceu esse *amigo*?

– É meu parceiro, meu melhor amigo. Fomos enviados aqui por Shandi33 para matá-lo, mas não farei isso. Prometo! Não posso matá-lo. – Estava sendo sincera. – Mas, se fizer algum mal ao Willy, vou me virar contra você – ameaçou Madhu.

– Já previa que foram enviados por Shandi33. Senti cheiro de *Tarala* nessa história toda. Fico feliz que tenha dito a verdade.

Marduk chamou seus sentinelas e lhes deu ordens para que não fizessem nenhum mal a Willy e o mantivessem preso numa bela suíte de segurança máxima no Palácio dos Visitantes das Estrelas.

– Só não entendi uma coisa – disse Marduk pensativo, voltando-se à Madhu. – Tarala sabia que eu iria reconhecê-la de imediato. Por que ela lhe mandou até aqui? – perguntou-se a si mesmo. – Devem ter feito lavagem cerebral em você! – deduziu, olhando de forma suspeita para Madhu. – Vou pedir para que Danvantari chegue o mais rápido possível.

Marduk deu ordens para que seus sentinelas levassem *Kally* (Madhu) até a suíte principal para esperar por Danvantari. E ordenou que trouxessem Danvantari o mais rápido possível.

Os sentinelas conduziram Madhu por longos corredores até uma grande antessala, e então entraram numa luxuosa e ampla suíte. Sozinha na perplexidade de seu destino, jogou-se num imenso e confortável sofá. E, finalmente, sem a inebriante presença de Marduk, lembrou-se de sua missão em salvar o planeta Terra e acabar com as guerras. Sua memória não era mais importante que sua missão. Tinha de dar um jeito de prosseguir com a missão.

Começou a pensar em como faria Marduk ingerir uma gota do *congela alma*.

Ela ainda estava elaborando uma estratégia quando Marduk entrou na suíte. Para sua decepção, ele não trazia nenhuma bebida, nem alimento. Ela sabia que Marduk era ciente do fato que androides não sentiam fome nem sede. Ele suspeitaria se ela lhe oferecesse uma bebida.

– Danvantari chegará em breve. Seja lá o que pretende fazer, não faça antes de sua memória ser restaurada. Você tem o direito de saber a verdade. Tem direito de conhecer a realidade dos fatos. Tem o direito de *escolha* – disse Marduk.

– Minha luta sempre foi pelo direito de escolha. Pela justiça! O livre-arbítrio é o que me motiva a lutar. É pela liberdade que lutamos contra Gabriel. Não me importa mais ser grandioso como a Fonte. Estou feliz e satisfeito com meu reinado.

– Luta pela liberdade e justiça? – perguntou Madhu, curiosa. Tal luta parecia pertencer ao Arcanjo Miguel.

– Eu explico minha amada filha. Na Realidade Real da Fonte, não existia livre-arbítrio. Tudo o que havia era fruto da vontade da Fonte. Pela vontade da Fonte, eu criei uma realidade onde houvesse livre-arbítrio, dividindo o uno em polaridades opostas. Assim, todos poderiam escolher qual caminho seguir – isso enriquece as experiências. Miguel sempre me invejou e tenta destruir o livre-arbítrio que criei. Ele acredita que estou contra a Fonte. Mas tudo o que faço é o que a Fonte sempre soube que eu faria. Por isso me criou.

Marduk tocou o braço de Madhu suavemente e lentamente foi descendo até alcançar sua mão. Madhu não pôde evitar se sentir atraída por Marduk. Um simples toque lhe provocou arrepiamento de prazer.

– Existe uma terrível ameaça contra o livre-arbítrio. Miguel está criando uma Terceira Realidade com o propósito de destruir nossa realidade de livre-arbítrio, sugando-a como um vampiro. Na Terceira Realidade não haveria poder de escolhas. Seguir a natureza da Fonte seria o único caminho. A Realidade Virtual do livre-arbítrio seria apenas uma sombra oprimida.

– Esta ameaça tem de ser destruída ou a liberdade de escolha deixará de existir, e todos voltaremos a ser como Miguel, sem chance nenhuma de escolha a não ser servir e manifestar a natureza da unidade.

Madhu sabia que Marduk estava sendo sincero. Aquela era a versão dele da história. Ele acredita estar fazendo o melhor para todos salvando a Realidade Virtual. Acreditava estar a serviço da Fonte. Sua crença não deixava de ser verdade, a verdade pela qual ele lutava.

Madhu lutou para encontrar a *sua* verdade. Talvez o meio termo entre a luta de Miguel e a luta de Lúcifer.

Marduk não sabia que havia sido Madhu quem mergulhara no coração-útero da Mãe Terra e plantara a Terceira Realidade.

Quando mergulhada no coração-útero da Mãe Terra, Madhu mergulhou no sono profundo da Fonte. A Fonte que a tudo e todos amava profundamente, sem tomar partidos entre Lúcifer e Miguel.

Madhu teria de tomar uma decisão. A mais difícil de sua vida. Precisaria de tomar partido entre Lúcifer ou Miguel. Ajudar Miguel a destruir a Realidade Virtual, ou ajudar Lúcifer a destruir a Terceira Realidade.

Marduk, que desconhecia a viagem de Madhu no sono profundo da Fonte, não contava com o fato de Madhu perceber a falácia no discurso do pai. Tudo o que Lúcifer fez foi criar uma realidade ilusória. Mergulhada no sonho da Fonte, Madhu viu a liberdade de criação individual sempre intricada à vontade da Fonte. A separação era ilusória, pois tudo o que existia fazia parte do sonho da Fonte. A natureza da Fonte era livre criadora. A restrição à liberdade ocorria somente na realidade criada por Lúcifer. Na ilusória percepção de individualidade.

Madhu entendeu a razão pela qual Tarala lhe enviara até Lúcifer mesmo sabendo que ele a reconheceria. Agora que Madhu conhecia a verdade sobre a natureza da Fonte, não poderia mais ser persuadida pelo sedutor Lúcifer.

Os ardilosos toques de Marduk começaram a ficar cada vez mais íntimos, despertando um forte desejo carnal em Madhu, que estava prestes a cair na tentação daquele envolvente sedutor. Deixou-se ser levada pelo momento prazeroso, não havia como evitar, ele era como uma droga potente que entorpecia a mente, gerando incrível prazer ao corpo.

Com esforço, Madhu tentou se concentrar. Foi então que percebeu que Marduk estava beijando suas pernas e levantando seu vestido para acariciar o interior de suas coxas. Ela não tinha forças para resistir àquele imenso prazer.

Enquanto Marduk, de olhos fechados lambia Madhu, não notou que discretamente ela retirou o *congela alma* de seus seios e virou todo o líquido em sua boca, tomando cuidado em não ingeri-lo. Tentaria o mesmo golpe que praticou em Mastur com Marduk. Sabia que poderia ter sua alma congelada, mas arriscaria a própria vida para fugir daquela situação de prazer irresistível.

Puxou Marduk pelos braços, sedenta pelos seus quentes lábios à procura de um beijo congelante, e lançou com pressão todo o líquido de sua boca na boca de Marduk, pegando-o de surpresa.

Marduk acabou por ingerir uma minúscula quantidade de *congela alma,* cuspindo todo o resto no rosto de Madhu que começava se sentir sonolenta. Marduk caiu ao seu lado na cama, com as mãos na garganta.

– Você está cometendo um terrível engano, minha filha. Espere Danvantari curá-la da amnésia antes de tomar uma decisão. Garanto-lhe que esta não é uma decisão sóbria da sua parte. Tarala envenenou sua mente para que você envenenasse o próprio pai.

– Eu sinto muito, meu pai. Meu amado pai, meu amado amante – disse Madhu, de forma sincera, quase mudando de ideia ao ver seu grande amor se sufocando com o *congela alma*.

Madhu considerava a Terceira Realidade sua filha com a Mãe Terra, e jamais seria capaz de destruí-las. Mas, ao mesmo tempo, não desejava a derrota de Lúcifer. Ela nunca esteve tão dividida.

Sonolenta e receando ter sua alma congelada, sabia que tinha de se concentrar e agir rápido.

Com Marduk já imóvel na cama, Madhu acionou a espaçonave de resgate por telepatia. Abriu bem a enorme porta folha dupla de vidro da suíte que dava para uma grande sacada de ouro. Colocou Marduk em seu ombro e esperou ansiosa a chegada da espaçonave.

Ouviu alguém bater duas vezes na porta de entrada da suíte e dizer: – *Danvantari chegou!* – Como não houve resposta, novamente bateram à porta com mais força.

Um sentinela gritou: – *Mestre, se não responder agora, irei entrar!* – Como novamente não houve resposta, os sentinelas invadiram a imensa suíte com armas laser nas mãos. Madhu usou o corpo de Marduk, colocando-o na frente do seu para não ser atingida por um laser.

– Solte Marduk ou sua alma será congelada! – gritou o comandante dos sentinelas.

Madhu viu a sua espaçonave parando bem abaixo da sacada e saltou da sacada com Marduk em seu ombro. Assim que caiu dentro da espaçonave, o teto da mesma, que estava aberto, fechou-se rapidamente e ela partiu em altíssima velocidade, em direção ao espaço.

Madhu soltou o corpo de Marduk no chão da espaçonave e acionou o comunicador para entrar em contato com Willy.

– Will! Will, está me ouvindo? – chamou, entrando em desespero.

– *Não é uma boa hora, estou no meio de uma luta. Eles acabaram de entrar aqui e começaram me atacar. Quinze sentinelas contra um androide. O que esta acontecendo?* – respondeu apressadamente.

– Estou levando Marduk congelado para Shandi33 – respondeu, preocupada com Willy.

– *Boa garota! Sabia que conseguiria. Eu te amo!* – respondeu empolgado e alegre.

Madhu sentiu uma doce alegria ao ouvir a declaração de amor, mas sabia que Willy não teve a intenção de declarar um amor que nem ao menos sentia, ele apenas expressou sua empolgação momentânea. Não significava nada.

– Você vai ficar bem? – perguntou preocupada.

– *Esses sentinelas eu tiro de letra. Concentra-se na pilotagem. Cuidado com as sondas. Os reforços podem demorar alguns minutos. Boa sorte!* – disse, por final, com sons de lasers e socos ao fundo.

Madhu se esforçava para se manter acordada e não pôde pilotar a espaçonave. Por isso, teve de mantê-la em piloto automático e confiar nela.

O reforço de Shandi33 chegou quando ela já estava quase caindo no sono. Várias sondas de Shandi33 deram cobertura para que a espaçonave de Madhu escapasse.

Madhu acionou a velocidade invisível de seis vezes a velocidade da luz e chegou intacta e extremamente sonolenta em Shandi33.

Antes de abrir sua espaçonave, se questionou se estaria fazendo a coisa certa. Mas agora já era tarde demais para se arrepender. Shavanna e seu exército de androides, reptilianos e humanos de extrema força rodeavam a espaçonave, ansiosos para pôr as mãos em Marduk.

Por fim, abriu a espaçonave. Tentou se levantar, sentiu-se fraca de tanto sono e perdeu a consciência, caindo sobre o corpo de Marduk.

Capítulo 17

– Madhu! Madhu! Sonhe, Madhu! Venha sonhar comigo – disse uma suave voz feminina, emanada de dentro de uma grande estrela brilhante.

– Quem é você? – perguntou Madhu, começando a sonhar.

– Eu sou a Fonte que sonha com você.

– Eu não quero mais sonhar, eu quero a verdade, quero despertar, quero a realidade.

– Toda realidade é criada a partir de um sonho. A vida é um sonho. O meu sonho. Sem sonhos não há realidade. Realidade é quando você passa a viver o seu sonho, passa a senti-lo e experimentá-lo. Meu sonho se tornou a sua realidade. Você é o que pensa. Você é capaz de escolher a sua realidade. Basta sonhar e acreditar.

– Com o que eu devo sonhar, amada Fonte? – Madhu questionou, indecisa.

– Sonhe com a realidade que deseja. Não deixe que sua alma se congele. Venha e sonhe comigo!

Madhu começou a despertar, porém o sono era tanto que estava difícil abrir os olhos.

– Ela está acordando – disse Behosa.

Ao fazer um esforço para abrir os olhos, viu que estava no laboratório de Boston, na Cidade Robótica da Ala13.

– Por muito pouco não teve sua alma congelada. Você se arriscou muito – disse Behosa para Madhu.

– Willy... está bem? – perguntou Madhu.

– Ainda não voltou. Continua em Nibiru. Já colocou Nibiru em sua órbita original, libertou Enki e outros prisioneiros, encontrou Enlil congelado e agora está trabalhando no reforço da segurança de Nibiru. Estão fechando o espaço aéreo de Nibiru para entradas e saídas de espaçonaves – explicou Behosa. – Alguns sentinelas foram presos, mas a maioria acabou sendo resgatada por naves luciferianas.

– Então deu certo? A ameaça ao planeta Terra acabou? – inquiriu Madhu. Continuava deitada. Boston estava finalizando reajustes zepta-neurais no corpo dela.

– O planeta Terra e Nibiru estão fora de perigo. Parabéns pelo trabalho! – disse Boston, com sorriso no rosto.

– E agora? O que vai acontecer, comigo e com... Marduk? – perguntou. Estava confusa e sentia um nó no estômago por ter traído o pai.

– Você está liberada do cargo na Ala 9 de Segurança Intergaláctica. Voltará a viver em Shambala até que você, em concordância com Tarala, decida seu futuro – respondeu Behosa.

– Eu não sou criança para necessitar da concordância da minha *mãe* a respeito do meu futuro – disse Madhu. Sentia-se traída por Tarala, por ela ter omitido o fato de ser sua mãe de alma. Observou Boston saindo desengonçado do laboratório, deixando Madhu e Behosa sozinhos. Sentou-se sem sentir nenhum desconforto.

– A sua atitude de desrespeito com Tarala só prova sua infantilidade – disse Behosa.

Behosa tinha razão. Madhu nunca conheceu uma alma mais pura e nobre que a alma de Tarala. Sentiu-se envergonhada pelo que disse. Madhu sabia que Tarala só tinha amor por ela, e tudo o que fez foi por um nobre propósito.

– Em breve entraremos em contato com a consciência de Lúcifer. E, como já sabe, faremos uma oferta a ele: a troca da Via Láctea pela alma de Marduk.

– E se Lúcifer não aceitar? – perguntou preocupada.

– Manter a alma de Marduk congelada atrairia invasores com a intenção de roubá-la. A desintegração é a melhor solução.

– Ou seja, nessa guerra não existe bom e mau, é uma guerra que defende ideologias divergentes, pontos de vistas diferentes. Na guerra vale tudo, até desintegrar almas. Para Lúcifer, vocês são as pragas e, para vocês, ele é o mau – disse Madhu.

– A questão é: de que lado *você* está? – perguntou Behosa, olhando nos olhos de Madhu.

– Agora entendo a importância da Terceira Realidade. É por ela que lutarei, a integração entre a natureza da Fonte com a de Lúcifer. É isso que eu sou, a integração. Não poderei lutar contra Lúcifer, assim como jamais lutaria contra a natureza da Fonte.

– Entendo. Então estamos do mesmo lado. Do lado da paz – disse Behosa. – Agora vá para sua casa descansar. Liv ficou feliz em saber que ela voltará a dividir a casa com você. E não deverá mais usar o uniforme da segurança – disse Behosa, se referindo ao macacão preto justo. – Liv arranjou novas roupas para você.

Madhu ainda estava usando o vestido nibiruano e não via a hora de poder tirá-lo.

– Obrigada – disse Madhu, e saiu.

Seguindo caminho até Shambala, Madhu começou a refletir onde seria seu futuro, seu lugar no mundo, seu verdadeiro lar, onde pudesse descasar e chamar de *seu*.

Ao chegar à sua casa em Shambala, foi calorosamente recebida por Liv. As duas entraram e se sentaram no sofá da sala para conversar. Não demorou para Bastet aparecer e pular no colo de Madhu.

– Você agora é uma celebridade em Shambala. Todos já sabem que você é filha única de Lúcifer. Apelidaram-na de *mulher veneno*. Sabe, por ter envenenado o poderoso Lúcifer com um beijo – explicou Liv. – Você foi incrível!

– Quando é que os híbridos vão se mudar para Terra? – quis saber Madhu.

– Behozito disse que em breve. Mas não deu uma data. Disse que o desacobertamento de vidas alienígenas já está em processo gradual e acelerado no planeta. Não podemos simplesmente pousar um monte de naves alienígenas na Terra sem um preparo, um aviso para os habitantes. Mas os terráqueos estão mais do que preparados. Estão ansiosíssimos. Behosa está mais preocupado em prepará-los para que eles não venham nos idolatrar como *deuses*. Os terráqueos precisam entender que são adultos responsáveis e não devem querer depender de nós – explicou Liv.

– O que vai acontecer com Shambala? – Madhu não conseguia imaginar Shambala sem os híbridos.

– Vai ser a cidade dos androides. Com a nova tecnologia que possibilita implante de almas em androides, logo Behosa e Boston irão lotar essa cidade – disse Liv. – Vou sentir saudades de Shambala – disse tristonha. – Quero te mostrar uma coisa. – Levantou-se e pegou uma tela que estava encostada na parede da sala com a imagem virada para a parede.

Liv virou a tela para Madhu vê-la. A pintura era linda e muito romântica. Madhu estava em seu antigo corpo terráqueo de cabelos alaranjados sendo abraçada pelo Willy por trás. Ele também estava em seu antigo corpo ariano. Willy beijava o pescoço de Madhu, que sorria aparentando sentir arrepios. Os dois estavam na praia de Shambala ao por dos sóis.

– Fiz inspirada no Willy. Foi uma surpresa para mim ver você surgindo na tela – disse Liv. – O que achou? Faz algum sentido?

– É a primeira tela sua que vejo e adoro de imediato. É linda! Perfeita! – disse Madhu com tristeza no olhar. – Mas pela primeira vez você está errada, Liv. Willy é um ser evoluído e me conhece bem demais, jamais aceitaria um romance comigo. Ele sabe melhor que ninguém quanto sou uma idiota completa.

– E você? Gosta dele? – perguntou Liv.

– Ele é meu melhor amigo, meu protetor, meu professor. Com ele, eu posso ser eu mesma, ele me conhece melhor do que ninguém. O olhar dele me acalenta... Os olhos dele é meu lugar, é onde me encontro, onde descaso, onde posso ser feliz comigo mesma – disse Madhu, se surpreendendo com as próprias palavras. Ela sabia onde era seu lugar. Era tão obvio que só agora percebia. Seu lugar era ao lado de Willy, onde quer que ele estivesse. Seu lugar era ele.

– Então você ama Willy – concluiu Liv. – E é você quem está enganada. Minhas pinturas nunca se enganam.

Depois de conversar com Liv, Madhu resolveu ir à praia de Shambala para pensar e admirar o pôr dos sóis.

Surpreendeu-se com suas emoções. Sentia muita falta de Willy. Estava tão acostumada a tê-lo o tempo todo ao seu lado, que agora que ele estava longe é que percebia quanto a sua ausência doía.

Madhu estava sentada na areia, admirando a bela vista do mar, com os sóis prestes a se porem.

– Pensei que fosse encontrá-la na pirâmide de cristal, seu lugar preferido. Mas, então, fui até a sua casa, e Liv me falou que você estaria aqui – disse Willy se aproximando.

Madhu se levantou e correu para abraçá-lo. Os dois permaneceram abraçados por um bom tempo até os sóis começarem a se pôr.

– Fico feliz que já esteja de volta – disse Madhu, se afastando, envergonhada pelo impulso que teve em abraçá-lo.

– E eu fico feliz que não seja mais minha parceira de trabalho. Agora posso dizer o quanto a amo, Madhu – disse Willy, se aproximando de Madhu, com seus olhos úmidos e brilhantes de felicidade.

O tempo pareceu parar para Madhu. Sentia-se flutuar.

– Eu também o amo, Will. Independentemente em qual corpo você esteja. Você sempre será o meu Will.

Willy pegou Madhu em seus braços e a beijou. Um beijo romântico, suave, sem a intensidade de uma paixão, mas com a estabilidade do amor. Era um beijo muito mais lúcido e doce que os beijos de Niki. Era diferente. Agora, era real.

– Estarei para sempre ao seu lado. Protegendo-a, servindo-a, amando-a. Até nosso retorno à Fonte, estarei sempre com você, Madhu.

– Como pode amar uma terráquea estúpida, Will?

– É a sua humanidade que me encanta. A intensidade da humanidade no seu coração é o que a faz ser tão especial para mim.

Willy abraçou Madhu por trás para juntos admirarem o pôr dos sóis. Enfim, Madhu encontrou seu lugar de descanso. Nos braços de Willy.

Willy e Madhu receberam três dias de folgas para descansar. Ele levou a jovem androide semi-humana para conhecer todas as Alas de Shandi33, menos a Ala1, que só se tem acesso com a permissão do Capitão Mastara. Visitaram a floresta Lavy, onde tomaram banho de cachoeira e mergulharam com os golfinhos de água doce. Meditaram juntos na pirâmide de cristal e sempre no fim da tarde iam juntos à praia de Shambala admirar o pôr dos sóis. Willy se demonstrava muito gentil, atencioso e extremamente respeitoso. Até demais na opinião de Madhu.

No último dia de descanso, estavam na sala de projeção holográfica da Ala13, que mostrava uma viagem por toda a Via Láctea num voo por todo o espaço. Os dois estavam flutuando de mãos dadas numa romântica viagem pela Galáxia. Madhu apontou para um enorme planeta laranja, curiosa para conhecê-lo. Os dois pousaram no planeta laranja, um planeta inóspito e desértico com grandes montanhas. Deitaram-se no solo do planeta para admirar seu magnífico céu roxo.

Madhu não queria tomar iniciativa de um contato mais íntimo com Willy e estava intrigada com o puritanismo dele, que se diferenciava muito de atitudes de homens terráqueos. Sabia que Willy sentia atração por ela, era perceptível. Mas sempre que os dois começavam a se excitar, Willy se afastava e esperava até que a excitação passasse.

Madhu considerou que aquele fosse o momento certo para tocar no assunto. – Will, como ocorre a... procriação no satélite que você veio? – perguntou Madhu. Essa era uma pergunta que queria ter feito a ele faz tempo, mas tinha vergonha. Ela queria entender como era encarada a relação sexual na cultura de Willy.

– Em Kiva, o satélite de Arian, as pessoas vivem em total harmonia com a natureza, não gostam de tecnologias. O satélite é formado por diversas *tribos* que vivem em paz e união. Cada *tribo* tem seu líder, como se fosse um líder xamã, que, além de governar a tribo, também é médico e conselheiro, e ainda possui poderes psíquicos altamente evoluídos. É ele quem escolhe quem deve *procriar* com quem em cada tribo. Ou seja, é o líder que escolhe com quem você deve fazer sexo para ter um filho. Não há casamento, nem união estável. Todos se amam e se respeitam como uma grande família. Quando um casal é escolhido para fazer sexo, é realizado um grande ritual antes da união. Não é só sexo, como ocorre com seres primitivos. O sexo é visto como um ritual sagrado, onde duas almas se fundem para criar uma poderosa energia, a energia *vril*. Essa força gerada pela união de duas almas gera a substância mais poderosa do Universo, poderosa fonte de criação. A energia *vril* é a fonte de energia de Kiva.

– Você já foi escolhido para gerar energia *vril*? – perguntou Madhu.

– Não. Fui criado para ser um grande guerreiro, e geralmente os guerreiros não são escolhidos para o festival de união.

Para a surpresa de Madhu, Willy parecia ser tão virgem e inexperiente quanto ela.

No final do dia, Willy e Madhu receberam suas escalas de compromissos. Na manhã seguinte, teriam uma reunião no Castelo de Diamante, com Tarala, Behosa, Shavanna e Capitão Mastara. Parecia ser uma reunião importante, o que deixou Madhu ansiosa e curiosa. Estava feliz em saber que veria Tarala. Desde que descobriu que Tarala é sua mãe de alma, nunca mais a viu.

No dia seguinte, logo quando os sóis nasciam, Willy passou na casa de Madhu para irem juntos à reunião no Castelo de Diamante. Chegando ao castelo, foram recebidos por Nero, que levou os dois até o grande salão de reuniões, onde havia uma grande mesa redonda de diamante polido, rodeada por confortáveis poltronas brancas. Tarala recebeu Madhu e Willy com grande amor e carinho, dando um abraço demorado em cada um deles. Via-se um sentimento profundo de amor em seus olhos.

Tarala sentou-se numa poltrona ao lado do Capitão Mastara. Os demais convidados se acomodaram nas demais poltronas. Willy se sentou ao lado de Madhu.

– *Podemos começar* – ordenou telepaticamente o Capitão Mastara.

– *Willy e Madhu, primeiro gostaríamos de agradecer pelo excelente desempenho de vocês na grande missão de salvar o planeta Terra* – disse Shavanna, telepaticamente. – *Estou orgulhosa de vocês.*

– A pauta dessa reunião é sobre nosso projeto de expansão da Terceira Realidade – disse Behosa. – Como sabem, e como já era previsto, Lúcifer criou uma barreira para impedir a expansão da Terceira Realidade. Ontem recebemos a resposta de Lúcifer sobre a proposta que lhe fizemos. Ele aceitou trocar a alma de Marduk pela Via Láctea. Assim que a Terceira Realidade se expandir por toda a Galáxia, iremos devolver a alma de Marduk para Lúcifer. Porém, Lúcifer continuará impedindo a expansão da Terceira Realidade para as outras Galáxias.

– *A Terceira Realidade que criamos a partir do planeta Terra é apenas um projeto experimental. Não sabíamos se daria certo e que tipo de realidade seria criada* – explicou Shavanna, por telepatia. – *Agora que a Terceira Realidade foi experimentada e aceita pela Hierarquia Celestial de Miguel e pela Confederação Intergaláctica Estelar, recebemos a ordem de expandir a Terceira Realidade por todo os multiversos. Mas, primeiro, precisamos ter a posse da Via Láctea, que só por meio do centro da Galáxia a expansão explosiva pode ocorrer.*

– E qual é a estratégia para a expansão? – perguntou Willy.

– Temos uma *carta na manga*, uma valiosa chave que fará a Terceira Realidade se expandir com força e velocidade absoluta pelos multiversos. Nada poderá impedir essa expansão tão explosiva – explicou Tarala. – Agora que sabemos que a Terceira Realidade funciona e é exatamente o que esperávamos, vamos implantá-la, substituindo a Realidade Virtual pela Terceira Realidade.

– E quanto a Lúcifer? O que vai acontecer com ele? – questionou Madhu, preocupada.

– Quando a Realidade Virtual deixar de existir, o trabalho de Lúcifer terá finalizado, e ele retornará à Fonte – disse Tarala. – Tenho certeza de que ele está ansioso por esse momento de retorno à Fonte, mas, como um bom filho que recebeu a missão de criar a Realidade Virtual, lutará até o fim em sua missão, tentando proteger a realidade que criou.

Madhu se sentiu feliz com a informação. Quando estava com Marduk, viu em seus olhos a dor que sentia por estar separado da Fonte. Mais um motivo para ela lutar pela expansão da Terceira Realidade.

– Qual é a chave da expansão? – indagou Willy, com semblante sério.

Tarala se ajeitou na poltrona e começou a falar. – Chegou o momento que eu tanto esperava – disse, emocionada. – Finalmente posso lhes contar toda a verdade.

– Quero que ouçam com atenção a história que vou lhes contar.

– Para que a grande consciência de Miguel conseguisse penetrar a Realidade Virtual e também como estratégia de batalha, Miguel separou a própria consciência em feminino e masculino. Sua parte masculina é Miguel, o guerreiro da Fonte. A parte feminina sou eu, Tarala Shanata. Eu e Miguel somos como almas gêmeas e nunca nos separamos do coração da Fonte.

– Lúcifer, sentindo falta da conexão com a Fonte, decidiu ter um filho com um ser ligado à Fonte. Isso, para ele, seria como ter um filho da própria Fonte. Esse filho seria a ligação indireta dele com a Fonte.

– Lúcifer me sequestrou e me hipnotizou para se unir a mim por meio da Grande União Sagrada de almas para que eu pudesse gerar um filho dele. Manteve-me grávida, presa por meses. Por sorte, fui resgatada por guerreiros da Segurança Intergaláctica de Shandi33 antes do parto e trazida para cá.

– Eu estava grávida de gêmeos, e isso sempre foi segredo absoluto. Lúcifer nunca soube que tive dois e não só uma filha.

Madhu estava surpresa, apesar de ainda não saber o que aquilo significava. Queria logo perguntar onde estava seu irmão ou sua irmã de alma, mas não queria interromper a história de Tarala. Deixou que ela continuasse a contar a história.

– Sabíamos que ele tentaria de todas as formas resgatar seu esperado filho. Por isso, decidimos esconder as crianças separadas e longe de mim para que não fossem encontradas por Lúcifer. A menina foi enviada para Avalon, para ser treinada e protegida pelas sacerdotisas de Avalon. E o menino foi enviado à Kiva, para ser protegido e treinado para se tornar um grande guerreiro e aprender a se proteger sozinho – disse Tarala.

– Kiva? – sussurrou Willy, confuso.

– Você é meu filho, Willy – disse Tarala. – Meu amado filho, não imagina a dor que senti com a nossa separação. Mas, se eu ficasse com você e Madhu, seria muito fácil para Lúcifer encontrá-los e tomá-los de mim.

– Espera aí – disse Madhu. – Eu e Willy somos irmãos gêmeos?

– Almas gêmeas é o nome correto – explicou Behosa. – Sim, vocês dois são almas gêmeas.

Madhu olhou para Willy confusa e viu Willy com a cabeça baixa, pensativo. Ela queria saber se o romance deles era incesto, proibido. Decifraria isso num único olhar de Willy. Mas ele parecia estar confuso e mergulhado nos próprios pensamentos.

– Lúcifer encontrou minha filha e a sequestrou – disse Tarala. – Mas nunca desconfiou que houvesse outro filho e, para a segurança dele, que se manteve protegido, isso foi mantido sobre segredo absoluto até agora. A minha menina foi criada por Lúcifer, enquanto meu menino foi criado em Kiva.

Madhu viu que Willy parecia abalado. Ela sabia exatamente o que ele estava sentindo em descobrir que era filho de Lúcifer. Madhu pegou a mão de Willy e apertou forte para lhe apoiar. Ele retribuiu o aperto de mão, sem levantar o olhar.

– Deveria ter nos informado isso antes que nos envolvêssemos num romance – disse Madhu, irritada.

– Não existe incesto entre almas gêmeas. Incesto é algo cultural do planeta Terra – explicou Behosa. – Inclusive, nada é mais poderoso que a fusão entre almas gêmeas. Por isso estão aqui. A união de vocês dois é a chave para a expansão da Terceira Realidade.

– Agora entendo porque sempre me amou tanto, Tarala, minha mãe – disse Willy, com os olhos emocionados olhando para Tarala. – Entendo o imenso carinho que sempre senti por você, minha amada mãe.

– Não imaginam o quanto estou feliz em finalmente ter meus dois filhos no meu castelo e poder lhes dizer a verdade.

– E como é que eu e Willy poderemos ajudar? – perguntou Madhu.

Pelo semblante de Willy, ele já sabia a resposta, e estava com receio de olhar para Madhu.

– *Vocês terão de realizar a Grande União Sagrada no centro da Via Láctea* – disse Shavanna, por telepatia.

– Traduzindo? – perguntou Madhu, que não sabia o que era a Grande União Sagrada.

– Realizar o sexo tântrico para gerar energia *vril* da integração da Realidade Virtual com a Realidade Real – começou explicar Behosa. – Só vocês possuem o DNA equilibrado dessas duas realidades para a fusão e criação de uma Terceira Realidade expansiva explosiva. Você e Willy serão os pais da Terceira Realidade.

– *É claro que antes,* você, *Madhu, passará por toda uma preparação e iniciação com os Rishis da Ala33* – disse Capitão Mastara, telepaticamente para Madhu. – *Não se trata só de sexo como é visto pelos terráqueos. Nada é mais sagrado e poderoso que a união consciente entre duas almas gêmeas.*

– Por que me foi tirada a memória de vidas passadas e da vida que tive com Lúcifer? – perguntou Madhu.

– Willy foi criado por seres de Miguel, teve toda a educação baseada na natureza da Fonte – disse Tarala. – Você recebeu a criação de Lúcifer, foi muito mimada por ele, e se tornou uma princesa das trevas arrogante e prepotente – disse, sem maldade na voz. – A única forma de consertar seu caráter foi colocando você na roda do *Karma*, que é um caminho evolutivo onde a alma adquire atributos da Fonte. O sistema da roda do *Karma* consiste em reencarnações com a perda da memória até que as lições sejam todas absorvidas.

– E por que continuo sem me lembrar das vidas que tive antes de nascer como Madhu? – perguntou frustrada.

– É só por meio da iluminação que se sai da roda do *Karma*. Você ainda não saiu do *Karma*. Se sua memória for restaurada antes que o processo do *Karma* termine, todo o trabalho na restauração da sua índole terá sido em vão – disse Behosa. – Todo o trabalho poderá ser perdido. Seria muito arriscado.

– A União Tântrica Sagrada com sua alma gêmea trará a você a iluminação que necessita para sair da roda do *Karma* – disse Tarala.

– O centro da Galáxia é um enorme buraco negro. Nunca ninguém conseguiu sair após entrar num buraco negro – comentou Willy. – Não deixarei que a alma de Madhu seja sacrificada nessa missão.

– Nem pela Terceira Realidade sacrificaria a alma de meus filhos – disse Tarala. – A estrela mais próxima do buraco negro é a famosa estrela consciente que se comunica diretamente com a Fonte por meio do próprio buraco negro. É no coração dessa estrela consciente que a União Tântrica Sagrada será realizada.

– Vamos ter de sair da fisicalidade? – perguntou Madhu.

– Sim – respondeu Behosa.

– E quanto aos nossos corpos androides? – inquiriu Madhu, que acabou se apegando ao seu.

– Após sua última missão poderá escolher seu caminho, seu futuro – disse Behosa. – Deixaremos guardados, hibernando, os corpos androides que vocês usam, caso resolvam voltar a eles.

– *É de extrema importância que guardem absoluto segredo de tudo que foi dito aqui nessa reunião. Somente nós aqui presentes e Miguel conhecem esse plano, e mais ninguém pode ter conhecimento do que iremos fazer* – disse telepaticamente, Capitão Mastara. – *Quero que prometam!* – ordenou.

– Tem a minha palavra Capitão – disse Willy com convicção.

– Eu prometo. Da minha boca não sai nada – disse Madhu.

A reunião foi encerrada, com Willy abraçando Tarala com um amor e carinho grandioso. Madhu também se despediu da sua mãe de alma com grande ternura e amor.

Após a reunião, Madhu seguiu para a Ala33 para ter aulas de cultos tântricos com os Rishis. Willy tinha em sua escala "treinamento especial" na Ala9. Antes da reunião ele não sabia qual seria seu "treinamento especial", mas agora sabia do que se tratava. Era a preparação para a mais importante missão de sua vida.

Willy e Madhu se despediram em Shambala. Só poderiam se ver novamente à noite, depois que seus compromissos do dia fossem finalizados.

– Agora ficou explicada minha forte ligação por você, Madhu – disse Willy, segurando as mãos de Madhu. – Dói muito saber que foi roubada e criada por Lúcifer. Preferia que tivesse sido eu.

– Não diga isso, Will! Acho que nem foi tão ruim assim. Eu fui *mimada*, lembra? – disse Madhu, irreverentemente. – Não deve ter sido tão ruim assim.

– A roda do *Karma*, as encarnações, todo o sofrimento que teve de passar... Deveria ter sido eu. Você deveria ter sido criada em Avalon e ter se tornado uma sacerdotisa. Eu lamento tanto – disse Willy, fechando os olhos com tristeza.

– Will, o que importa é que agora estamos juntos. É tudo o que importa, o agora! Eu o amo! – Madhu sofria ao ver a dor de Willy.

Os dois se abraçaram se sentindo como uma só alma, um só coração. Willy tinha um instinto natural de proteção por Madhu. Jamais poderia lhe desrespeitar. Só faria a União Tântrica Sagrada se tivesse certeza de que Madhu estava de acordo.

Willy e Madhu se prepararam durante dias para a mais importante missão de suas vidas: a expansão da Terceira Realidade que daria fim à Realidade Virtual de Lúcifer.

Tinham pouco tempo de repouso para ficarem juntos. Encontravam-se todos os dias no lugar preferido de Madhu, a Pirâmide de Cristal, ou na praia de Shambala depois de suas obrigações no treinamento para a missão. Enquanto Madhu estudava tantrismo com os Rishis, Willy estudava e treinava sua jornada até a estrela consciente, a penetração até o coração da estrela e a saída segura de dentro dela. Willy já conhecia o tantrismo, só nunca o havia praticado.

Num momento de lazer, observando o belo pôr-dos sóis de Shambala, Willy decidiu esclarecer uma importante questão sobre a Grande União Sagrada com Madhu. – Madhu, preciso lhe fazer uma pergunta e quero que jure dar uma resposta sincera – disse Willy, enquanto viam os sóis se porem na praia de Shambala.

– Sabe que não consigo mentir para você – falou Madhu.

– A pergunta que tenho de fazer é muito importante. Não quero que faça nada contra sua sincera vontade. Tem certeza que deseja se unir a mim com sexo tântrico? – perguntou Will. – Podemos esperar...

– Will! – exclamou Madhu, interrompendo Willy. – Se dependesse de mim... já teria acontecido – disse, desviando o olhar por estar envergonhada.

Willy sorriu, estava vibrando de felicidade por dentro. Aquela seria a missão mais prazerosa de sua vida. Abraçou Madhu e lhe deu um beijo no topo de sua cabeça.

Foi difícil para Madhu guardar segredo de Liv. Sua amiga alienígena xereta e curiosa suspeitava que Madhu estivesse guardando algum segredo – criou uma teoria dizendo que Madhu, Willy e Behosa conspiravam contra os híbridos.

Liv estava ansiosa e irritada, pois em breve deixaria Shambala para viver no planeta Terra.

Behosa decidiu que Liv viveria na Ilha de Fernando de Noronha, no Brasil. O português de Liv estava muito bom, e Fernando de Noronha era um poderoso vórtice de energia (*chakra* do Planeta Terra), que deveria ser protegido e trabalhado para a manutenção da teia de amor criada pela Terceira Realidade. Liv teria a missão de governar a ilha, construir um templo para realizar cerimônias de ativação do vórtice de energia – isso seria como um processo de cura planetária. Até aí, tudo bem para Liv. O que a preocupava era que teria de se casar com três terráqueos nativos da ilha e ter filhos com eles.

Madhu entrou no quarto de Liv para se despedir dela. Viu que a amiga estava separando algumas roupas para levar a Fernando de Noronha.

– Liv, você definitivamente não vai precisar de casaco – disse Madhu, vendo Liv escolher roupas inadequadas para uma ilha tropical. – E as meias também são desnecessárias.

– O casaco é para eu me proteger contra insetos e a meia, de lagartos – respondeu Liv, que continuou a escolher roupas.

– Como é que a meia pode protegê-la contra lagartos? – questionou Madhu, curiosa.

– Eu me arrepio só de pensar em acordar sentindo um lagarto lambendo meu pé – falou, com uma careta.

– Você vai gostar de Noronha – disse Madhu. – Vou sentir sua falta.

– Queria que você pudesse ir comigo. Tenho medo dos nativos.

– Liv, tenho certeza que você vai amar ser a idolatrada *rainha* de Fernando de Noronha. Pode até mudar o nome da ilha para *Liv,* se quiser. E garanto que os nativos não mordem.

– O que você quer, Madhu? – Liv perguntou, percebendo que Madhu tinha algo importante para lhe dizer.

– Vim me despedir. Não vamos mais nos verpor um longo tempo – disse Madhu, com tristeza.

– E imagino que eu não possa saber o motivo pelo qual você vai sumir – comentou Liv, irritada com os segredos que Madhu não lhe contava. – Vai me visitar um dia?

– Eu prometo que vou visitá-la em Fernando de Noronha. É uma ilha linda, repleta de magia. E por onde anda Bastet? – perguntou Madhu, sentindo falta da gatinha preta.

– Ela escolheu viver com os Rishis. Gata esperta!

– Sou péssima em despedidas. Não sei como dizer adeus.

– Não é *adeus*. Até breve, Madhu!

– Até breve, Liv.

As duas se abraçaram e choraram discretamente. Madhu saiu sem dizer mais nada e partiu para a Ala9 onde Willy a esperava para o início da grande missão.

Behosa retirou as almas de Willy e Madhu dos corpos androides. Tarala saiu do corpo físico durante uma meditação para acompanhar os filhos até uma *mer-ka-ba*, a nave que os levaria rumo à estrela consciente no centro da Via Láctea.

– Nervosa? – questionou Willy para Madhu.

– Acho que eu me sinto exatamente como uma noiva virgem prestes a entrar no altar – Madhu respondeu.

Willy a olhou nos olhos. – É muito mais que isso. Somos almas gêmeas prestes a criar a mais poderosa energia que existe. O amor! Eu a amo tanto.

– Também o amo muito – disse Madhu. – Para onde vamos depois da missão?

– Você escolhe.

– Quero visitar minha família terráquea na Colônia Espiritual Raios do Amanhecer, depois visitar Liv no planeta Terra.

– E onde você vai querer morar? – quis saber Willy.

– Em Shandi33. Quero novas aventuras, descobrir novos mundos.

Willy sorriu de felicidade e abraçou Madhu. Tudo o que ele mais queria era voltar a tripular Shandi33 com sua amada Madhu.

Quando chegaram à estrela consciente, sentiram que ela os aguardava com uma alegria contagiante.

Willy e Madhu penetraram o coração da grande estrela sentindo a intensidade e a força do poder do amor, o mais puro e belo amor que vinha da Fonte de tudo o que existe.

Flutuando na beleza e leveza do amor da grande estrela, a Grande União Sagrada teve início.

Willy penetrou Madhu, despertando a Kundalini de ambos há tanto tempo adormecida. Seus corpos se entrelaçavam como uma bela dança de anjos apaixonados. A fusão de suas almas criou a mais bela e poderosa energia vril já vista. O poder do mais doce amor da união fez a estrela consciente se desabrochar como uma flor de Lótus, que irradiou o poder criativo da energia vril criando a poderosa Terceira Realidade expansiva e invencível.

A Terceira Realidade se expandiu, penetrando em todos os multiversos.

Foi assim que toda tristeza deu lugar à alegria, todo ódio deu lugar ao amor, toda discórdia se transformou em união, todo erro deu lugar à verdade, todo desespero se transformou em esperança e toda a treva foi irradiada pela luz.

Toda vida estava em paz.

Só o verdadeiro amor transforma.

fonte
tahoma